KB078486

곰통 판타지 장편 소설
FANTASY FRONTIER SPIRIT

Lord of Groksus
그락서스의 군주

그락서스의 군주 7

곰룡 판타지 장편 소설

초판 1쇄 찍은 날 § 2014년 5월 21일
초판 1쇄 펴낸 날 § 2014년 5월 28일

지은이 § 곰룡
펴낸이 § 서경석

편집부장 § 권태완
편집책임 § 박가연
디자인 § 이거일

펴낸곳 § 도서출판 청어람
등록번호 § 제387-1999-000006호
등록일자 § 1999. 5. 31
어람번호 § 제1-1856호

주소 § 경기도 부천시 원미구 부일로 483번길 40 서경B/D 3F (우) 420-822
전화 § 032-656-4452 팩스 § 032-656-4453
http://www.chungeoram.com
E-mail § chungeorambook@daum.net

ISBN 979-11-316-9043-7 04810
ISBN 978-89-251-3549-6 (세트)

Lord of Groksus

그락스의 군주

7

[완결]

곰룡 판타지 장편 소설
FANTASY FRONTIER SPIRIT

Contents

CHAPTER
1

후식.

後食.

Dessert.

시뻘건 피가 난무하는 전장. 그러나 잡티 하나 없는 백마를
탄 그의 모습엔 조금의 흠집조차 없다.

그가 홀로 전장의 중앙으로 다가온다.

그를 막아서는 이는 단 하나도 없다.

그에게서 느껴지는 미묘한 느낌. 그것을 느낀 본능이 그에
대한 접근을 막았다.

이질감.

그 혼자만 다른 세상에 존재하는 것과 같은 괴리감이 느껴
진다. 그러나 한 가지.

냄새.

그 누구보다 짙은 피의 냄새가 그와 이 세상을 이어준다.

위벨 호엔촐레른 칼라인부르크.

홍혈제란 이명을 가진 제국의 붉은 황제와 눈이 마주쳤다.

"오랜만이로군."

그저 혼잣말에 불과한 정도의 목소리다. 그러나 이 자리에 존재하는 몇 만 대군의 귀에 꽂혀든다.

누구에게 하는 말일까?

의아함이 더 커지려는 때.

"오랜만입니다."

한 사내가 화답했다.

그의 목소리 역시 모두의 귀에 스며든다.

모두가 그를 주목했다.

황제가 순백이라면 이 사내는 그 무엇보다 짙은 어둠.

그의 손에 쥐어진 어둠의 창이 모든 것을 삼키려 하고 있다.

백과 흑의 대결.

백은 위벨 황제.

흑은.

"이때를 기다렸다오, 그락서스 백작."

그락서스 백작.

아이란 그락서스다.

* * *

"이때를 기다렸다오, 그락서스 백작."

홍혈제의 말에 아이란이 침음을 삼켰다.

드디어 이 순간이 왔다.

결전의 순간이.

"후후, 그대는 바라지 않았는가? 우리가 다시 마주할 이 순간을?"

바라지 않은 것은 아니다.

'너무 빨리 찾아온 것이 문제일 뿐.'

너무 빨리 찾아왔다.

일전에 그가 말했던 말.

다시 만나는 순간까지 오래 걸리지 않을 것이라고 한 말.

그것이 뼈저리게 다가온다.

그러나.

'꿀릴 것은 없다.'

아이란.

이제껏 그는 수없는 역경을 거쳐 왔다. 그리고 항상 그 역경을 이겨내며 성장했다.

홍혈제.

현재 그의 앞에 서 있는 크나큰 절벽.

저 거대한 절벽이 그의 앞길을 막고 오르길 강요한다. 저 절벽에 오르는 것이 얼마나 험난할지는 굳이 오르지 않아도 알 수 있다. 그러나 그는 올라야 한다.

'항상 올라왔다.'

언제나 올라왔다.

야로스란 절벽도, 뮤톤이란 절벽도, 신의 날개란 절벽도.

이제 그 마지막.

시련의 마지막에 서 있었다.

"두려운가? 이 나를 맞는 것이? 왜 아무런 말이 없는 것인가."

'두렵지 않다.'

능히 이겨낼 수 있다.

이제껏 맞이한 최강의 적이라 하여도 이겨낸다.

척.

"호오!"

검을 쥔 행동으로 답을 대신한다.

"그래. 그렇게 나와야지."

홍혈제가 고개를 끄덕이며 만족한다.

"내 제국을 대표하여 친히 그대를 맞겠다. 그락서스의 백작이여. 그대 역시 그대의 진영을 대표하여 맞서라.”

[불패존자, 불패무적신의 북리정. 성명절기는 불패오신기. 그대와의 비무를 청하오.]

뒷말은 전음.

아이란에게만 들리는 수단.

[비무라… 무슨 뜻이십니까?]

[맛있는 것은 아껴 먹어야 하는 법이지. 내 분신인 슐레스비히도 없는 지금, 내게 즐거움을 줄 수 있는 존재는 그대 정도밖에 없지. 또 전쟁을 좀 끌어야 하는 법이기도 하고.]

결국 홍혈제에게 아이란은 그저 한낱 놀이상대에 지나지 않았다.

‘…그렇다면.’

얕보고 있는 그 가슴을 향해 칼을 박아준다.

적의 방심은 나의 최고의 무기.

긴장이란 갑옷이 해체된 심장을 꿰뚫는다.

“하!”

히이이잉!

말이 질주한다. 그에 채찍질을 더한다. 바람이 더욱 거세진다.

창에 담긴 어둠이 짙어진다.

“오라! 나의 상대여!”

호기로운 황제의 외침.

그의 손에 들린 제국의 성창. 순백이라 할 수 있는 성스러운 힘이 빛을 발한다.

질풍과 같은 흑과 그 무엇보다 견고한 백.

두 힘이 끝점에서 충돌한다!

캉!

처음의 충돌.

외견과는 어울리지 않는 소리.

그러나.

콰콰콰쾅!

두 사람의 뒤로 공기가 터져 나갔다.

그들과 상당한 거리를 떨어져 있던 양 진영의 사람들이 그에 휘청거렸다.

그러나 그것이 끝이 아니다.

챙, 채채챙, 채채채채채챙!

쾅, 콰콰쾅, 콰콰콰콰콰쾅!

대기가 계속해서 터져 나간다.

양 진영의 사람들은 그에 휩쓸리지 않게 온몸에 힘을 주어야 했다. 그만큼 흑과 백의 싸움은 격렬하다.

흑의 창이 목을 노린다면, 백의 창은 옆을 쳐 튕겨냄과 동시에 회전하며 가슴에서부터 얼굴을 긁어 올라간다. 그것을 튕겨져 나간 반탄력에 더욱 힘을 주며 다시 튕겨낸다.

그 과정의 무수한 반복이다.

서로에게 얇은 상처를 입혔지만, 큰 타격은 주지 못하였다.

사악!

순백의 날이 아이란의 뺨을 얇게 그었다.

순식간에 볼이 쩍 갈라지며 주르륵 피가 흘렸다. 그에 아이란의 창은 위벨 황제의 가슴을 할퀸다.

가슴의 갑옷이 갈라지며 맨살의 일부가 드러났다.

어느새 전쟁이 멈추었다.

일기토.

모두들 둘을 주목한다.

둘의 결과가 전쟁에 막대한 영향을 끼칠 것이다.

"아이란……."

아르낙스.

그가 떨리는 눈으로 그것을 바라본다.

위태함.

그가 느끼는 감정.

어느 정도 경지에 오른 이들은 알 것이다.

누가 유리하고, 누가 불리한지.

그가 느끼기에 황제는 여유롭다. 그러나 아이란은 다급하다.

한 번, 한 번. 여유롭게 막고 있는 것처럼 보이지만 실상은 매번 간신히 막고 있다.

수세에서 공세로 전환되지 않는다. 그러나 아르낙스는 그 장면을 감명 깊게 바라보고 있다.

"강하구나……."

그의 말.

그것은 아이란에게 하는 말도 되고, 홍혈제에게 하는 말도 된다.

둘은 강했다.

"나도 지진 않아."

그가 검을 쥔 손에 힘을 주었다.

아이란이 위기에 빠지면 그가 뛰쳐나갈 것이다.

그가 이제까지 쌓아온 무.

그것은 아이란 못지않았다.

아니, 오히려 더욱 강할 수 있었다.

아르낙스.

그는 천재.

그 누구에게도 가르침 받지 못했으나 홀로 경지를 쌓아 벨라토르의 정점이라 불리우는 일곱 번째 단계를 바라보는 자.

그라나니아, 아니, 발라티아 대륙 전체에 걸쳐 손에 꼽히는 천재 중의 천재였다.

*　　　*　　　*

'하아……! 하아……!'

숨이 가빠진다.

도도히 몸을 흐르던 마신진기가 말라간다.

심장에 위치한 불사진기 역시 꺼내 사용하지만, 이 상태로 가다간 마찬가지로 고갈.

방법.

이 사태를 빠져나갈 방법을 생각해야 한다.

챙!

채채채챙!

그러나 위벨 황제는 그러한 방법을 짤 시간을 주지 않는다.

씨익.

아이란의 얼굴에서 무언가를 읽은 것인지 그가 미소를 짓는다.

"지쳤나?"

"아니……!"

거암과 같이 눌러오는 창을 밀어내며 외친다.

"지친 것 같은데?"

다시 한 번 짓눌러 온다. 그에 맞서 창을 세운다.

"아직이다!"

챙!

모든 힘을 쏟은 아이란이 창을 튕겨냈다. 그리곤 후속으로 올 공격을 대비했다.

"……?!"

그러나 공격은 오지 않았다.

황제는 창을 거두었다.

"오늘은 이만하는 것이 좋겠군. 내일 이 시각, 다시 보도록 하지."

그 말을 끝으로 황제는 몸을 돌려 제국의 진영으로 돌아갔다.

척!

그 와중 황제가 하늘 높이 창을 뻗었다. 그에 제국의 진영에서 함성이 우러나온다.

우와아아아아아아아!!

황제 폐하 만세! 만세!

황제 폐하 만세! 만세! 만만세!

제국군의 눈빛.

그 눈빛엔 황제에 대한 존경 등이 가득했다.

'이것 역시 노린 것인가…….'

황제가 직접 일선에 나서 엄청난 경지의 무를 보여줌으로

써 제국군의 사기를 끌어 올린다.

결국 아이란은 그 과정을 위해 이용당한 들러리에 불과하다.

'대단하군.'

입안이 쓰렸다.

결국 아이란 역시 몸을 돌렸다.

그때.

아이란 만세!

누군가 선창했다.

익숙한 목소리.

'형님.'

아이란 만세!

아르낙스.

그가 목이 터지도록 외치고 있다.

아이란 만세!!

아이란 만세! 만세!!

그의 선창에 사람들이 뒤따른다.

아이란 만세!!

아이란 만세! 만세! 만세!!

사람들이 그의 이름을 열창하는 가운데, 아르낙스가 그를 맞았다.

"짜식. 언제 그렇게 강해졌냐? 까딱하다간 이 몸이 따라잡히겠구만."

"이미 형님은 뛰어넘은 것으로 알고 있는데요?"

"뭐야? 이 녀석이!"

툭툭.

아르낙스가 그의 가슴을 툭툭 쳤다.

피식.

아이란이 웃음을 보이자 아르낙스 역시 씨익 미소를 짓는다.

"고생했다."

단순한 말. 그러나 그 속에 담긴 뜻은 헤아릴 수 없이 깊다.

"정말 고생했다."

"…감사합니다."

"자, 가자. 오늘은 이만할 것 같으니."

과연.

제국의 군진이 물러서고 있었다.

"황제의 선심인지 동정인진 모르겠지만, 감사히 받아야겠지."

아르낙스의 말에 아이란이 고개를 끄덕였다.

이용할 수 있는 것은 이용을 하면 된다.

"자, 돌아가자."

툭툭.

아르낙스의 토닥임과 함께 그날이 끝났다.

*   *   *

달이 지고 새벽이 잠깐 찾아왔다.

아침 이슬이 막사를 타고 흐를 때 아이란은 눈을 떴다.

젖은 공기가 전장의 향을 머금고 코에 스며들어 이곳이 어딘지 다시 한 번 확인시켜 준다.

'전장.'

서로의 심장을 향해 칼을 박아 넣는 곳.

과연 오늘은 몇이나 죽고 몇이나 살 것인가.

'최대한 살려야겠지.'

그것이 그들을 이끄는 그의 의무.

어제만 해도 그락서스의 사상자가 일백을 넘었다.

대다수가 사망이 아닌 부상이긴 하나 경상보다 중상이 많았다.

또 하나.

'황제와의 전투.'

홍혈제, 그와의 전투.

한 사람에겐 단순한 유희일지 모르나, 아이란에겐 생사의 기로이다.

곧 해가 떠오를 것이고, 다시 칼도 떠오를 것이다.

'후.'

속으로 한숨을 내쉰 아이란. 그러나 그뿐.

검을 잡는 그 손에 망설임이란 조금도 없다.

스릉!

그락서스 백작가의 상징.

펜리르의 송곳니.

그 하얀 이빨이 모습을 드러냈다.

그것을 아이란은 쓰다듬었다.

서리와 같은 서늘함이 손을 타고 심장까지 전해진다. 심장을 움켜쥐는 서리.

그것은 무게가 되어 그의 어깨를 짓누른다.

'후.'

어깨를 털어 무게를 털어낸 후 막사 밖을 나가 진영 곳곳을 둘러본다.

척!

경계를 서고 있던 이들이 경의를 보내온다.

그것엔 그락서스나 그라나니아 측 병사뿐 아니라 맥나타니아 병사들도 있었다.

그들의 경례에 마주 답례를 보내준 후, 자신의 막사로 돌아가려던 때.

"일찍 일어났구려?"

웃으며 다가오는 한 남자.

"대공께서도 일찍 일어나셨군요."

맥나타니아의 수호자, 자르카 대공.

연합군의 총사령관.

"후후, 나는 아침을 일찍 먹는 편이지. 괜찮다면 오늘 아침은 본인과 함께하시겠소?"

"좋습니다."

"좋아. 손님이 한 명 더 늘었군."

'손님?'

"후후, 궁금하오?"

아이란이 고개를 끄덕이자 자르카 대공이 씨익 미소를 짓는다.

"후후, 작은 즐거움이 생겼군. 자, 궁금증을 풀러 가십시다."

휘적휘적.

자르카 대공의 거침없는 걸음에 아이란이 뒤따랐다.

진영의 중앙.

자르카 대공의 막사.

"자, 손님을 한 분 더 모시고 왔소."

"어서오··· 아이란!"

"···형님."

작은 즐거움이 풀렸다.

아르낙스.

그가 바로 자르카 대공의 손님이었다.

"후후, 손님이 두 분이나 오셨으니 요리사가 심혈을 기울이겠군. 이 요리사는 손님이 와야만 실력을 발휘해서 말이오. 매 끼니 같이할 손님들을 구하느라 고생이라오."

"흐흐, 혹시 모르죠. 요리사의 솜씨가 맘에 든다면 매 끼니 손님을 넘어 불청객이 생길지두요."

"그렇게 된다면 참 좋겠구려. 자자, 앉읍시다. 이제 하인들이 요리를 내올 것이오. 수다라도 떨고 계십시다."

수다를 떤 지 시간이 꽤 지나자 하인들이 쟁반을 들고 온다.

쟁반에는 형형색색의 요리가 가득했다.

"손님이 두 분이라 그런가? 한층 더 힘을 썼군! 나도 평소에 먹기 힘든 제대로 된 맥나타니아 귀족의 아침 식사!"

"이것 참 굉장하군요. 대공이 가진 힘의 원천을 알겠습니다."

"후후, 게으른 요리사가 참으로 좋아하겠군. 공작의 칭찬을 꼭 전해주리다."

"제 칭찬도 전해주시길."

"오! 백작의 칭찬 역시 꼭 전해주겠소!"

대공이 껄껄 웃음을 터뜨리며 말을 계속한다.

"자, 그럼 눈으로 충분히 즐겼으니 이제 입으로 즐겨봅시다!"

"잘 먹겠습니다, 대공."

"저 역시 마찬가지. 잘 먹겠습니다."

"하하, 부디 노여워만 하지 말아주시오."

각자 나이프와 포크를 들고, 음식을 썰고 찍고 입에 넣었다.

"어떻소? 입에는 맞으시오?"

기대를 가득 담은 초롱초롱한 눈빛. 칭찬을 바라는 눈빛.

'부담스러울 정도로군.'

중년 남자의 초롱초롱한 눈빛은 견디기 어려울 정도였다.

툭툭.

누군가, 아이란의 다리를 툭툭 친다.

살짝 곁눈질을 해 옆을 바라보니 재촉하는 듯한 아르낙스의 눈빛.

그에 아이란은 미소를 지으며 자르카 대공에게 말한다.

"아주 좋은 요리사를 두셨군요."

"하하, 다행이군. 공작은 어떻소?"

"아주 맛나게 잘 먹고 있습니다."

"두 분이 이리 맛있게 드시는 것을 보니 기분이 좋군. 후식도 멋진 것을 준비해 두었으니 기대하시오."

"벌써부터 기대되는군요."

화기애애한 분위기는 후식 시간까지 이어졌다.

맥나타니아의 달콤한 과자 케이크를 먹으며 셋은 대화를 이어나갔다.

가문, 여자 등의 이야기로 시작해 현재 진행 중인 전쟁에 대해서까지.

그들의 대화는 연합군 내 귀족들과 고위 지휘관들이 소집된 아침 회의가 시작될 때쯤에서야 끝을 맺었다.

*   *   *

탕!

탁자 위의 물 잔이 흔들거릴 정도로 한 사내가 강하게 손을 내려쳤다. 그와 함께 그는 자신의 의견을 역설한다.

"이것은 기회입니다! 전장에 직접 나선다는 것은 우리의 입장에서 절호의 기회! 몸을 사릴 줄 모르는 저 황제를 잡을 수만 있다면 이 전쟁은 승리한 것이나 다름없습니다!"

"맞습니다. 황제를 생포해 저 건방진 제국 놈들을 후회하게 해주어야 합니다."

"저 역시 반켈 경의 의견에 동감합니다! 황제를 잡아야 합니다!"

사내의 말에 주변 사람들이 우후죽순으로 동의한다.

이곳은 자르카 대공의 막사로, 연합군의 아침 회의가 진행되고 있었다.

지금 의견을 낸 이는 반켈이라는 맥나타니아의 귀족으로 공작인 부모의 후광을 이용하여 추종자들을 모으고 활용하는 이다.

지금도 추종자들이 열화와 같은 성화를 보내온다. 그 모습을 바라보던 자르카 대공이 입을 열었다.

"황제의 생포라……."

"예, 대공. 황제의 생포입니다."

확실하게 주지시키려는 반켈 경의 말. 그에 자르카 대공이 미묘한 미소를 지었다.

"좋소. 황제를 생포한다 칩시다."

"생포한다 치는 것이 아니라 확실하게……."

대공의 말이 마음에 들지 않았는지 정정하려는 반켈 경. 그러나 이어진 대공의 말이 그의 말을 잘랐다.

"그럼 누가 황제를 생포할 것이요?"

"그건……."

반켈 경의 입이 닫혔다.

그가 주위를 둘러본다.

반켈의 추종자들이 그의 눈을 피하고 있었다.

어제 황제의 무시무시한 모습을 본 그들이다. 절대 나서고 싶지 않았다.

결국 반켈의 눈이 한 사내.

아이란에게 향한다.

어제 겉으로 보기엔 대공과 막상막하의 결전을 치루었던 아이란.

"저기 계신 아이란 그락서스 백작이라면 가능하지 않겠습니까? 어떻게 생각하십니까, 그락서스 백작?"

책임을 아이란에게 떠넘긴다.

"설마 못 하신다고는 말하시지 않으시겠지요?"

확인 사살.

아르낙스를 비롯 그라나니아 측 인물들과 맥나타니아 측 일부 인물이 황당한 표정을 짓는다.

"이게 말이야 방구야?"

소곤소곤.

옆 자리의 아이란에게만 들릴 정도로 중얼거리는 아르낙스. 그리곤 못 참겠는지 그가 큰 목소리로 입을 연다.

"경이 꺼낸 것을 왜 그락서스 백작에게 떠넘기는 것인지?

그 이유나 한번 들어봅시다."

"마샬 공작……."

심히 못마땅한 표정으로 아르낙스를 보는 반켈 경.

"본인은 그락서스 백작에게 물었소만, 왜 공작이 나서는 것인지?"

"……."

아르낙스의 어이없는 눈초리.

"자, 그락서스 백작. 대답해 보시오. 황제를 생포할 수 있 겠소?"

끝까지 아이란에게 떠넘긴다.

"이것 보시오, 반켈……."

스윽.

아이란이 아르낙스의 손을 잡았다.

"반켈 경."

조용히 막사에 울리는 아이란의 목소리.

"황제는 강합니다. 생포하니 마니를 따질 수 없을 정도로 강합니다."

"……."

"부끄러운 소리지만, 저는 황제를 힘으론 이기지 못할 것 입니다. 온 힘을 다하면 같이 죽을 순 있겠지요. 그런 상황에 서 생포를 위해 전력을 다하지 않는다? 그렇다면 저는 필패입니다."

"허허, 그라나니아의 저력은 그 정도밖에······."

"반켈 경."

아이란이 그의 말을 끊었다.

"부끄럽습니다만, 이런 말씀을 드릴 수밖에 없겠군요. 반
켈 경, 경께서 직접 전장에 나서 황제를 향해 검을 들어주시
길. 경께서 황제를 생포하는 것을 저는 진심으로 응원하겠습
니다."

"······."

반켈 경의 낯빛이 어두워졌다.

"그것은······."

"저 역시 그락서스 백작과 함께 응원하겠습니다, 반켈 경."

씨익.

아르낙스가 미소를 짓는다.

'젠장.'

반켈 경이 속으로 욕지거리를 내뱉었다.

입으로 직접 내뱉지 못한 것이 한이 될 정도.

그는 자르카 대공과 반대 파벌의 인물로서, 자르카 대공과
친하게 지내는 그라나니아 측 인물들을 살짝 압박할 용도로
꺼낸 주제였으나 본전도 찾지 못하게 생겼다.

처음부터 성공 가능성을 믿지 않았다. 또 성공한다고 하더

라도 황제를 생포할 가능성은 한없이 바닥에 가깝다고 생각하고 있었다.

이대로 가다간 진짜 그들 파벌의 힘만으로 황제를 상대해야 할지 모른다.

'실수했어.'

이곳은 자신들의 안마당.

그것을 믿고 텃세를 부리는 것이 아니었다.

"후후, 어떻게 생각하시오, 반켈 경?"

자르카 대공이 반켈 경을 바라보며 웃고 있다. 반켈 경은 그 모습을 노려보았다.

"경의 부친이신 공작을 보아서라도 경께서 직접 나선다면 총사령관의 직함으로 충분한 지원을 하도록 하겠소."

"…작전을 조금 더 고민해 봐야겠습니다."

"허어? 그저 황제만 생포하면 되는 간단한 작전 아니오?"

"간단한 작전이라도 수많은 변수가 있는 이상, 그것들을 고려해 작전을 수립해야 하는 법이지요."

"그렇다는 것은 반켈 경께서 직접 맡으시겠다는 것이로군. 총사령관으로서, 전군을 대표해서 반켈 경께 고맙다는 인사를 드리겠소."

"……"

이젠 빼도 박도 못하게 되었다.

결국 반켈은 자신과 추종자들과 함께 작전을 수행할 수밖에 없었다.

결국 회의가 끝난 뒤, 반켈은 추종자들과 함께 어두운 낯빛으로 자르카 대공의 막사를 나갈 수밖에 없었다.

그 모습을 바라보는 다른 이들.

반대되는 파벌의 일이긴 하나 그리 기쁘지만은 않았다.

어찌됐든 반켈 파벌의 힘 역시 연합군의 일부이기에.

패배가 확실해 보이는 가능성 없는 작전으로 인해 힘을 소모하게 될 것이 분명하므로.

"뭐, 기를 꺾어놓는 것이라 생각하면 나쁘지 않지."

"그래도 피해는 최소화해야 합니다."

"그래그래, 그래서 너랑 내가 그들을 지원하는 것이고."

아르낙스와 아이란.

그들은 반켈 파벌이 구조를 요청할 시 그들을 구원할 지원군으로 편성되었다.

최악의 경우를 막기 위한 차선의 방법.

물론 최선은 아예 이러한 작전을 실행하지 않는 것이다.

"자. 그럼 점심이나 먹으러 가볼까? 하도 떠들었더니 벌써 소화가 다 되었는지 뱃속이 밥 달라고 찌렁찌렁하는구만."

"어디서 괴성이 나나 하였더니 형님의 뱃속에서 난 것이로군요."

"흐흐, 아름다운 노랫소리였지?"

"퍽이나."

"어쭈? 형에게 말하는 것 좀 보게."

"어쭈는 무슨… 점심이나 먹으러 가시죠. 오늘은 제가 대접하도록 하겠습니다."

휘적휘적.

아이란이 아르낙스를 놓아두고 먼저 걸어간다.

"어어! 같이 가자구!"

*　　　　*　　　　*

다음 날.

전날은 제국군이 공격을 오지 않았지만, 오늘은 해가 중천에 뜬 시간을 계기로 마른 강을 건너왔다.

그에 그것을 저지하는 연합군.

전투가 벌어지고, 오늘의 전투 역시 홍혈제가 등장하였다. 피바람과 함께 무쌍의 모습을 보이는 홍혈제를 향해 작전이 시작되고, 그의 앞에 한 무리가 나타났다.

"그락서스 백작은 어디가고 그대들이 내 앞에 나타난 것이지?"

"그락서스 백작이라……."

묻는 홍혈제를 향해 날리는 씁쓸한 미소.

반켈 경과 그 일당.

"아마 내가 쓰러지면 그락서스 백작을 볼 수 있을 거요."

"그래? 그렇다면 빨리 처리해야겠군."

휘익!

검을 빼 든 홍혈제.

그를 향해 검을 마주 빼 든 반켈 경.

두 개의 검이 교차되고, 몇 합이 흘렀다.

반켈의 파벌들이 황제를 공격하러 달려가고, 그것을 막기 위해 홍혈제의 친위대가 나선다.

결국 그날.

반켈 경의 작전은 실패했고, 그들의 파벌은 대패했다.

그 결과도 그나마 나은 것으로, 최악의 상황이 들이닥치기 직전 아이란과 아르낙스가 난입하여 그들을 구원함으로써 피해를 줄인 것이었다.

아이란과 아르낙스가 합동하여 황제를 상대하고, 그 과정에서 전열을 정비하고 대항. 자르카 대공의 지휘 덕분에 제국의 공격을 넘길 수 있었다.

제국이 후퇴한 후, 연합군 역시 물러났다.

그 자리에 남은 시체 대다수가 맥나타니아 쪽 병사들, 특히 반켈 쪽 병사의 수가 압도적이었다.

　그날 이 후.

　연합군 내 반켈 측의 위상과 영향력은 추락에 추락을 거듭
했다.

CHAPTER
2

하나의 패배, 하나의 승리.

와아아아아아!!

함성이 끊이질 않고 이어진다.

두려움을 잊으려는 비명의 함성.

용기를 고양시키려는 함성.

죽음을 잊으려는 함성까지.

섞이고 뒤섞여 혼돈을 이루어내는 전장.

그 한가운데, 사내가 포효했다.

"진자겸!!"

전신이 피에 물든 채 왼쪽 팔의 어깨가 허전해 옷깃이 팔랑

거린다.

그 사내가 그 무엇보다도 처절하게 외친다.

"나오라, 진자겸! 그대가 원하는 것이 대체 무엇인가! 전 대
류을 피에 피와 슬픔의 바다에 빠뜨리는 것이 그대가 원하는
것인가! 나오라, 진자겸이여!"

목이 터져라 외치는 이 고함은 온갖 함성을 뚫고 전장 곳곳
에 가득 울렸다.

"나오라, 진자겸이여! 무엇이 두려워 나오지 못하는 것인가!
이 대륙에 피와 시체가 널브러지게 한 그 낯짝을 내밀어라!"

"시끄럽군."

조용한 울림.

그러나 전장의 모든 이의 귀엔 천둥과 같이 들리는 목소리.

"진자겸!"

사내의 적.

신마성의 주인, 마신이라 불리는 마의 지배자. 진자겸. 그
가 등장했다.

"오랜만이로군, 무신이여."

"진자겸……!"

진자겸을 씹어 먹을 듯 노려보는 사내.

그의 이름은 무극천.

무 대륙의 밝음을 상징하는 천하삼세 중 하나, 이화련의 련

주였다.

"진자겸, 대체 무엇을 꾸미는 것이지? 대체 이러한 전쟁을 벌인 이유가 무엇인가!"

"이유라……."

피식.

진자겸이 웃음을 짓는다.

"무료."

"무료?"

"그렇다, 무료."

무극천의 얼굴이 터질 듯이 붉어졌다.

"무료……! 그저 심심해서 이러한 전쟁을 벌였단 말인가!"

"후후, 이유가 더 필요한가?"

"……!"

펄럭!

바람 한 점 불지 않지만 무극천의 옷자락이 펄럭인다.

"그대에게 이 한 팔을 잃었을 때."

"음?"

"나는 참았다. 내가 참지 않는다면, 이 대륙을 피로 물들일 수 있음으로. 그렇게 지켜온 평화다. 그러한 평화를 단지 그대가 심심하단 이유로……."

"여(予)가 참으라고 했는가, 패배자여?"

진자겸의 비웃음.

"이제는… 참지 않겠다!"

"오라."

"그대의 목으로 이 피를 멈추겠다!!"

타앗!

무극천이 진자겸에게 도약했다.

남은 오른팔엔 어느새 번쩍이는 검이 쥐여져 있었다.

눈부시도록 새하얀 검.

이화련주의 상징으로 검의 이름도 이화인 검!

세상 모든 악한 것을 새하얗게 정화하는 성검!

"오늘, 이화가 지겠구나."

스윽.

진자겸이 무극천을 향해 손을 뻗는다.

파앗!

공간을 찢고 쏘아지는 어둠의 창. 그 수는 무려 수십 개.

무극천은 재빠른 동작으로 그것을 모두 피해낸다.

푹, 푹, 푹!

땅에 박히는 창들.

쿠아아아아아아앙!

그것으로부터 어둠의 기둥이 솟구친다.

마신삽창.

어둠의 창 하나하나가 전부 지절, 마신삽창.

더구나 수십 개로 분산되었지만 하나하나의 위력은 아이란이 전력으로 펼쳐낸 마신삽창과 비교하여 절대 떨어지지 않았다.

"진자겨어엄!"

스사사사사사사사사삭!

눈 한 번 깜빡일 시간에 이루어진 수십의 참격.

그것은 꽃송이들이 되어 바람을 타고 진자겸에게 다가간다.

하얀 배꽃, 이화.

그에 진자겸은 다시 한 번 손을 휘둘러 대응한다.

콰아아아악!

공기를 터뜨리며 꽃송이를 찢는 용의 손톱!

악룡대조가 발휘되었다.

찢겨진 꽃송이는 빛무리와 함께 굉음을 내며 폭발한다.

대지를 울려 산산조각 내는 위력.

"진자겨어어어엄!!"

처절한 외침과 함께 무극천이 다시 한 번 도약한다.

그 목표는 단 하나, 진자겸.

순식간에 쏘아져 진자겸에게 닿음과 동시에 칼을 휘두른다.

화악!

그 일격을 진자겸은 손에 검을 생성시켜 막아낸다.

쾅!

콰콰콰콰콰콰!!

격돌하는 그 순간.

하늘이, 대지가 둘로 갈라졌다.

두 무인을 기준으로 정확히 쪼개진 세상.

그 세상 속에서 둘은 여전히 치열하다.

백과 흑, 두 개의 기운이 반발하며 서로를 밀어낸다.

쩡!

그 끝에 튕겨져 나가는 한 사람.

"크윽!"

백이 사라지고 흑은 곧추서 있다.

족히 수십 장은 튕겨져 나갔다. 그러나 무극천은 표홀한 움직임으로 자세를 잡아 무사히 착지했다.

주르륵!

그러나 피해를 전부 흘려보낸 것은 아니었다.

입술 끝에 피가 맺혀 흘러나온다.

"후후. 그것이 고작인가. 이화여, 여를 즐겁게 해다오."

"큭!"

무극천이 역류하는 핏물을 삼켰다.

'강하다.'

진자겸이 강한 것은 뼈저리게 알고 있었다. 그러나 실제로 맞대고 있는 지금. 그 강하다고 생각하는 것조차 과소평가였다.

상상을 초월할 정도로 강하다.

언젠가 진자겸에게 한 팔을 잃고 노력에 노력을 거듭해 왔다.

한 팔로라도 진자겸에 맞설 수 있게 노력해 왔다. 그 끝에 이화련의 련주라는 자리에까지 올라섰고, 결코 진자겸에 뒤지지 않는다고 자부해 왔다.

세인은 진자겸을 천하제일인이라 추켜세우지만, 그와의 차이는 종이 한 장의 두께조차 나지 않는다고 생각해 왔다. 그러나 그 모든 것은 자신의 오만이었다.

'강하다, 너무 강하다.'

련의 보물, 이화검을 쥔 손이 부들부들 떨린다.

자신이 노력하여 일을 강해졌다면, 진자겸은 이, 삼을 넘어 십, 이십을 강해진 것 같다.

이대론 이길 수 없다.

'아니, 이긴다고 생각하는 것 자체가 잘못된 것이다.'

최선은 하나.

'같이 죽는다.'

동귀어진.

적과 함께 나도 죽는다.

무극천이 생각하기에 지금 이 순간 가장 최선의 방법이었다.

결심을 한 무극천의 눈빛이 달라졌다.

"호! 조금은 재밌어지겠군."

무극천의 결심은 진자겸 역시 느꼈다.

그의 눈빛 역시 조금은 진지해졌다.

화악!

무극천의 주위.

그의 몸을 중심으로 붉은 기운들이 줄기줄기 뿜어져 나왔다.

"홍이화."

그 현상을 진자겸은 알고 있는 눈치.

"선천을 모두 포기한 것인가."

홍이화.

그것은 무극천이 익힌 이화공의 비기로, 사람의 생명인 선천지기를 모두 태워 힘을 얻는 무공이었다.

대부분 선천을 이용하는 무공은 생명을 유지할 최소한의 선천지기는 남겨놓지만 홍이화는 그 선천조차 모두 힘으로 돌리는 무공으로, 그로 인해 힘을 얻은 무극천은 아무리 진자겸이라 하여도 무시할 수 없다.

'물론 그뿐이지만.'

조그마한 생쥐가 고양이가 된 것뿐이다.

호랑이, 아니, 용인 자신의 앞에서 생쥐나 고양이나 거기서 거기인 미물.

그저 용의 기침 한 번이면 세상에서 존재의 흔적조차 사라질 존재에 지나지 않는다.

"흐아아아아아!"

무극천이 비명과도 같은 기합을 토해냈다.

그의 피부는 이미 전신이 붉게 물들어 있어, 홍인의 모습과도 같았다.

언제나 새하얀 이화검조차 붉게 물들어 있어 섬뜩함을 더했다.

"진자겨어어엄!!"

무극천.

그가 핏물이 흐르는 두 눈으로 진자겸을 노려본다.

"진자겨어어어어어어엄!!"

파앗!

조금 전과 비교조차 되지 않는 속도로 도약한 무극천. 그의 검이 진자겸의 전신 사혈을 찔러온다.

"와하하, 오라! 여를 즐겁게 해줄 이여!"

전장에 나타나 처음으로 제대로 된 감정을 보이는 진자겸. 그의 웃음에 무극천은 손에 쥔 검에 힘을 더욱 더한다.

"진자거어어어어어어엄!!"

"오라!"

콰아아아아아아앙!

무극천의 붉은 검과 진자겸의 검은 검이 부딪쳤다.

쩡!

터져 나간 진자겸의 검! 그러나 진자겸은 조금도 당황하지 않은 채 오히려 손을 더욱 뻗는다.

이대로 간다면 진자겸의 손이 무극천의 검에 무참히 썰릴 상황!

그러나!

화악!

검게 물들어 버린 진자겸의 오른손.

그것은 무극천의 검을 아무런 피해 없이 덥석 잡아버렸다.

"……!"

경악하는 무극천.

"말, 말도 안 돼! 홍이화까지 끌어 올린 내 검을 그저 손으로 막다니!"

놀랄 노자도 부족하다.

무극천은 그야말로 얼이 빠졌다.

전신에 넘치는 활력이 순식간에 꺼져 버린다.

아니, 힘은 그대로 남아 있다. 그러나 의지가 상실되었다.

털썩.

무극천이 검을 놓고 무릎을 꿇었다.

그 모습이 마음에 들지 않는 진자겸이다. 그가 미간을 찌푸린다.

"이것이 전부인가?"

그나마 자신을 상대할 이는 무 대륙에서 무극천밖에 없었다. 그러한 그가 이러한 모습을 보이다니.

"이것이 전부인가?"

다시 한 번 묻는다.

무극천은 조용히 진자겸을 올려다볼 뿐.

조금은 돌았던 흥미가 순식간에 꺼져 버렸다.

"재미없군."

진자겸이 손에 쥔 이화검을 돌려 제대로 부여잡았다. 그리곤 휘둘렀다.

푸화악!

터져 나오는 피의 분수.

데구르르르.

무극천의 목이 떨어졌다.

멍한 표정의 무극천의 머리가 바닥을 굴렀다.

그러거나 말거나, 진자겸은 무극천에 대해 더 이상 관심이 없었다. 지금의 진자겸에게 관심이 가는 대상은 오직 하나뿐.

"이제 남은 것은 그 녀석뿐인가……."

진자겸의 머릿속에 떠오르는 존재.

그의 일부를 나누어준 자.

아이란.

이제 진자겸은 그가 제대로 성장하기만을 바랄 뿐이다.

그 후.

련주의 죽음을 확인한 이화련은 후퇴하고, 진자겸은 성으로 되돌아갔다.

진자겸이 직접 종군하진 않았지만, 신마성은 수장을 잃은 이화련을 거칠게 몰아붙였고, 무극천의 죽음으로부터 한 달이 채 지나지 않았을 때 이화련을 멸망시킬 수 있었다.

이화련이 멸망한 무 대륙.

자연 단 하나의 세력만이 남게 되었다.

신마성.

대륙을 통일한 유일한 제국이었다.

이제 그 제국은 새로운 사냥감을 향해 이빨을 세운다.

*   *   *

뿌우우우!

뿌우우우우우우!!

전장에 나팔소리가 울린다.

치열하게 전개 중인 전쟁 한복판.

각자 눈앞의 적을 상대로 창칼을 휘두른다.

그것은 말단 병사도, 그들의 지휘관도 다름없는 것.

고위직 역시 예외 없이 칼을 들고 적 병사를 벤다.

"하아!"

기합과 함께 쏘아진 섬광.

"크악!"

"악!"

"살, 살려, 컥!

일격에 적 병사 셋의 목숨이 사라졌다.

그들의 목숨을 거둔 사신, 아르낙스.

그가 검의 핏물을 털며 전장을 바라봤다.

쉬익!

"켁!"

자신을 앞에 두고 딴짓을 하는 아르낙스에게 달려든 적의 병사. 그러나 그쪽에는 시선도 주지 않는 아르낙스에게 당하고 말았다.

"흐음……."

침음을 흘리는 아르낙스.

그의 시선엔 치열하게 맞붙고 있는 두 사내가 들어와 있었다.

찬란한 갑옷을 입은 사내와 엉망진창을 앞에 둔 청년.

두 쪽 다 아는 사이이지만, 한쪽은 아군, 한쪽은 적이다.

"도와줘야겠군."

사내의 강력한 공격을 청년이 막았지만, 완전히 해소하지 못하고 휘청거린다. 그 틈을 노려 사내가 더욱 강력한 공격을 시전한다.

그것을 본 아르낙스가 들고 있던 검을 내던졌다.

쩡!

금방이라도 청년의 목을 꿰뚫을 것 같던 검이 쏘아진 검에 튕겨져 나갔다.

사내의 시선이 검이 쏘아진 방향, 아르낙스 쪽으로 향한다.

"약한 동생은 그만 괴롭히고 나와 함께 붙어보는 것이 어떻소, 황제여?"

동생.

아르낙스가 그리 부르는 것은 아이란뿐. 그리고 아이란의 상대, 이 대륙에서 황제라 불리는 자는 단 하나뿐이다.

제국의 홍혈제.

"그거 재밌겠군."

더없이 멀리 떨어져 있지만 두 사람의 의사소통은 문제없었다.

"그러나……."

스악!

매섭게 휘두르는 홍혈제의 칼!

아이란은 허리를 크게 꺾으며 피해냈다.

"난 백작과의 놀이도 재밌다네."

스악!

횡 베기에 이어 종 베기!

깡!

재빨리 칼을 들어 막는다.

"크윽!"

어마어마한 압력에 아이란이 신음을 흘렸다.

콰직!

아이란의 발이 바닥을 파고 들어간다.

이대로 가다간 지저까지 파묻힐 판!

그때!

화아아악!

회전하며 날아오는 빛의 칼날.

홍혈제는 그것을 튕겨내며 막는다. 그러나 그것이 끝이 아니다.

파아아아앗!

거대한 빛의 칼날!

그것도 한 자루가 아닌 두 자루!

"큭!"

홍혈제가 뒤로 밀렸다.

"괜찮냐? 많이 다친 것 같은데."

"…보기 보단 괜찮습니다."

아르낙스가 아이란의 옆에 착지했다.

아이란이 위험한 순간, 그 자신의 몸을 던져 막은 것.

덕분에 아이란은 홍혈제의 공격을 피할 수 있었다.

"그건 그렇고 정말 괴물이구만, 이 양반은."

"괴물 정도면 얼마나 좋을까요."

"괴물이 아니라면, 흉물인가?"

"그거 괜찮군요."

"핫핫!"

"하하."

심각한 상황에 어울리지 않는 농담. 덕분에 둘은 가볍게 웃을 수 있었지만, 그 농담을 들은 것은 그들뿐만이 아니다.

"흉물이라… 그것은 본인을 칭하는 것인가, 공작?"

어느덧 자세를 정비한 홍혈제.

그가 빙긋 웃으며 둘을 바라보고 있었다.

"핫핫! 들었습니까? 이거 정말 죄송하군… 요!"

쉬익!

사과와 동시에 찔러낸 빛의 검!

치사하지만 효과적인 한수!

전신이 하이어 리히트로 구성된 족히 2파수스(3m)의 검촉이 홍혈제를 찌른다.

"공작이 치사하군!"

채챙!

단숨에 쳐내는 홍혈제. 그러나 아직 끝나지 않았다.

쉭!

"웃!"

틈을 노린 아이란의 일격. 이제껏 당한 것을 단번에 되갚아 줄 요량! 그러나 홍혈제, 전생의 불패무적신이라는 이름은 도박으로 따낸 것이 아니다!

홍혈제는 표홀한 움직임으로 아이란의 공격뿐 아니라 연속된 아르낙스의 일격까지 모조리 피해냈다.

"억!"

오히려 아르낙스의 가슴을 향해 칼을 찌르며 반격까지 해 낸다.

공격한 직후라 아직 제대로 자세를 잡지 못한 아르낙스가 피하기는 어려워 보인다.

챙!

그러나 전투는 둘만이 하는 것이 아니다.

아이란 역시 참여 중.

조금 전 아르낙스가 아이란을 구했던 것처럼, 이번엔 아이란이 아르낙스를 구해낸다. 그러나 홍혈제도 그 후 놀고 있는 것이 아니다.

공격이 실패로 돌아갔으면 바로 다음번의 공격을 가해온다.

순백으로 빛나는 홍혈제의 검.

일전 슐레스비히 공작과의 전투에서 느껴본 것과 같은 종류의 힘이나, 담겨 있는 힘의 양은 상상을 초월한다.

슐레스비히 공작이 호수와 같았다면 홍혈제는 바다.

그것도 끝이 보이지 않는 망망대해에 짙고 어두운 심해와 같은 바다이다.

불패무적신 북리정.

그의 전신전력을 이어받은 홍혈제다운 힘.

슐레스비히 공작이 자랑하던 마법과 결합된 힘은, 홍혈제의 검에 비하면 그저 잡기술에 지나지 않았다.

검 안에 담겨 있는 저 압도적인 힘 앞에 다른 그 어떤 것도 필요치 않았다.

쉬익!

푸화아아앙!

검이 베고 지나간 자리.

공간이 절단되고, 그 자리가 메워지며 그로 인해 발생하는 풍압은 그 자체만으로도 훌륭한 홍혈제의 무기.

그에 대항하기 위해 아이란은 천절의 기운들을 끌어 올려 갑옷처럼 몸에 둘러야 했다.

스아아악!

푸우우우우우웅!

쉬이이이익!

푸화아아아아아앙!

"크으윽!"

"큭!"

언제까지 이럴 수는 없었다.

방법을 찾아야 한다. 온갖 수단을 고려하여 저 괴물을 이길 수 있는 방법을 생각해 내야만 한다.

쾅!

생각을 하며 잠시 정신이 흐트러졌다.

그것을 놓치지 않은 홍혈제.

아이란의 검을 쳐냄과 동시에 발로 차버린다.

그것을 아이란은 피하지 못했다.

홍혈제의 발길질에 아이란이 저 멀리 튕겨 나가 바닥을 굴렸다.

"커억!"

피가 역류해 입으로 터져 나온다.

온몸의 뼈란 뼈는 다 부러진 것 같은 고통이 느껴진다. 그러나 일어서야 한다.

서는 것을 포기한 순간, 그 순간에 바로 죽음이 확정되므로.

살려면 일어서야 한다.

"크으으으, 커억!"

피를 토하면서 아이란이 천천히 몸을 일으켰다.

그와 함께 머릿속으론 계속 고민한다.

'대체 무엇이 있을까… 대체 무엇이 있어 저 괴물을 처리… 아!'

필사적으로 방법을 고려하던 아이란의 머릿속, 깜깜하던 어둠을 밝혀주는 한 줄기 빛을 발견했다.

'그러나 그 방법은 나 혼자서는 이룰 수 없다.'

도와줄 사람이 필요하다. 정상인 몸으로도 부족한데, 이런 만신창이인 아이란 혼자서는 절대 해내지 못할 방법.

도와줄 사람은…….

"크으!"

'저기 있다!'

이리 밀리고 저리 밀리면서 필사적으로 홍혈제를 막고 있는 사내.

아르낙스 마샬!

이만한 적임자가 또 어디 있으랴!

[형님!]

아이란이 아르낙스에게 전음을 전했다.

아르낙스가 내려찍는 홍혈제의 검을 막으며 고개를 살짝 끄덕였다.

[제게 방법이 있습니다!]

아르낙스의 얼굴이 한층 더 찌그러진다.

마치 '방법이 있으면 빨리 해!'라고 말하는 듯한 얼굴.

[몇 분. 단 몇 분만 저 괴물이 저를 공격하지 못하도록 막아 주십시오!]

아르낙스의 미간 속 고랑이 더 짙어졌다. 그의 승낙의사도 듣지 않은 채 아이란은 생각한 수단을 준비했다.

어차피 별다른 방법이 없는 지금이다.

아르낙스는 승낙을 할 것이 틀림없으므로, 아이란의 행동엔 거침없다.

스스스!

아이란이 홍혈제를 향해 검을 겨눈다.

스스스스스!

느릿느릿, 아이란의 전신에서 천절의 네 가지 기운이 빠져나왔다.

짙은 어둠에 물든 펜리르의 송곳니는 그 기운들을 조금씩 먹어치운다.

그 과정은 더없는 느림.

어쨌거나 어둠은 계속해서 기운을 먹어치운다.

그러면 자연히 덩치가 커져야 하건만, 오히려 삼킬수록 작아지는 어둠.

쾅!

콰콰쾅!

저 멀리서 홍혈제의 공격을 얻어맞고 있는 아르낙스의 비명이 들리는 것 같다.

힐끗.

살짝 곁눈질하여 아르낙스를 본 아이란.

바닥을 구르며 내려찍는 홍혈제의 검을 필사적으로 피하고 있었다.

실로 보기 안타까운 광경.

가끔 홍혈제가 아이란 쪽으로 시선을 돌리면 필사적으로 자신에게 시선을 끈다.

눈물겨운 희생.

그러나 그것에 신경 쓰지 않으며 아이란은 지금 이 순간에 집중한다.

스스스!!

검에 덮어씌운 짙은 어둠이 사라지고, 순백색 검신이 드러나기 시작한다.

스스스스스!!

어둠은 마침내, 완전히 사라졌다.

순백색 검신만이 남아 햇볕에 모습을 드러낸다.

'준비는 되었다!'

준비는 끝마쳤다.

이제 실행만 하면 된다. 그러나 쉽사리 실행할 수 없다.

이리저리 피해 다니는 아르낙스와 그를 쫓아 이리저리 이동하는 홍혈제.

단 한 번의 기회를 노려야 하는 아이란이기에 도박에 맡길 순 없었다.

정확한 기회.

단 한 번뿐인 순간을 노려야 한다.

그때!

아이란의 마음을 알았던 걸까?

무언가 결심을 한 듯 아르낙스의 움직임이 달라졌다.

회피가 아닌 적극적 공세.

홍혈제를 한 자리에 고정시켜 놓기 위한 모습.

그에 감사하며 아이란은 검을 홍혈제에게 겨누었다.

'……'

그러나 위험을 감지한 것일까.

자리를 뜨지 않고 방어를 하던 홍혈제의 움직임이 바뀌었다.

조금 전과는 정반대. 마치 아르낙스가 회피를 할 때처럼 이리저리 보법을 밟으며 회피한다.

아이란이 눈을 가늘게 뜨며 집중해 보지만, 한시도 쉬지 않고 이리저리 뛰어다니는 홍혈제를 겨냥하긴 쉽지 않았다.

더군다나 여러 번도 아닌 단 한 번의 기회.

실패를 하면 끝인 것을 알기에, 결코 실패할 순 없었다.

[형니……!]

결국, 아이란이 전음을 날려 아르낙스에게 홍혈제의 움직임을 붙잡아달라고 말하려고 할 때.

갑자기 아르낙스가 홍혈제에게 뛰어들었다.

공격을 위해 뛰어든 것이라면 아이란이 이렇게 놀라지 않는다.

무방비.

홍혈제에게 검을 던지며 맨손으로 그에게 달려든다.

푸욱!

절호의 기회.

그것을 놓칠 리가 없는 홍혈제다.

불을 향해 달려드는 한 마리의 나방과 같은 아르낙스.

부나방을 향해 홍혈제가 그대로 검을 찔렀다.

푸욱!

검이 가슴을 관통하여 등을 통해 나왔다. 그러한 크나큰 상처.

아이란의 눈동자가 크게 뜨여졌다.

그의 눈에 비친 아르낙스.

당장 죽음에 이를 수 있는 상처에도 아르낙스 그는 멈추지 않는다.

오히려 손을 뻗어 홍혈제의 몸을 잡아 결박한다.

홍혈제가 검을 뽑아 결박을 탈출하려 하지만 옴짝달싹도 하지 않는 아르낙스.

"놓아라!"

홍혈제의 포효에 아르낙스는 실없는 웃음으로 대신한다.

"놓지 못할까!"

쾅!

검을 쥐지 않는 손으로 아르낙스의 가슴을 두드리는 홍혈제. 그러나 아르낙스는 피를 토하면서도 놓지 않는다.

무어라 입을 뻐끔거리는 아르낙스.

너무 멀어 이곳에선 들을 수 없으나, 들은 홍혈제의 얼굴은

굳는다. 그러나 그것도 잠시.

얼굴이 붉어진 채 격분한 홍혈제가 아르낙스의 몸을 사정 없이 두들긴다.

아르낙스는 인간의 입에서 저리 많은 피가 토해질 수 있을까 싶을 정도로, 아니, 전신에서 피를 토한다.

아이란은 알 수 있었다.

단 한 번뿐인 기회를 위해 자신의 몸을 내던진 아르낙스.

그가 죽음을 각오했음을.

그러한 기회를 놓치면 안 된다.

죽음으로 만들어준 기회이다. 결코 그것을 헛되이 날려서는 안 된다!

츠츠츠츠츠츠츠!

검을 겨누었던 아이란이 천천히, 아주 천천히 검을 올린다.

우웅!

그 순간 세상이 울린다.

땅이 울리고 하늘이 울린다.

그것을 들은 지상의 인간들이 서로를 향해 내지르던 무기를 내린다. 그리곤 누가 뭐라 할 것도 없이 한곳을 주목한다.

검을 겨눈 아이란과 홍혈제를 결박하고 있는 아르낙스, 결박당한 홍혈제.

모두들 말없이 주목하는 가운데, 끝까지 올라갔던 아이란의 검이 천천히 내려온다.

우우웅!

천천히.

아주 천천히 내려오는 검.

그와 함께 세상 역시 움직인다.

그것을 느낀 홍혈제는 더욱 격분하며 아르낙스를 떨쳐내려 하지만, 아르낙스는 결코 홍혈제를 놓아주지 않는다.

"놓아… 크아아아아아아아악!!"

비명.

저 홍혈제가.

세상에 존재하는 그 어떤 것으로도 고통을 줄 수 없을 것과 같은 홍혈제가, 신과 같은 힘을 가진 절대의 황제가.

비명을 지르고 있었다.

인간과 같은 비명.

그것은 신에서 인간으로 추락을 의미하는 것이자, 아이란의 힘이 황제에게도 통한다는 증거.

천천히.

아주 천천히 내려오는 검.

"크아아아아아아아아아악!!"

그것에 홍혈제는 비명을 지른다.

듣는 것만으로도 사람을 오싹하게 만드는 비명을.

"황제 폐하!"

완전무결한 황제가 지르는 비명.

그것에 정신이 깨어난 제국 측 인원들이 아이란에게 달려든다.

그들의 신이자 주인인 황제, 그를 구하기 위해 제국이 아이란에게 달려든다.

"막아라! 백작을 지켜!"

그것을 막기 위해 연합군 역시 제국군에 달려든다.

크아아아아아아악!!

으아악!

케액!

커어어어어억!

잠시 소강상태였던 전쟁이 재개된다. 비명과 비명이 난무한다.

제국은 황제를 지키기 위해 필사적으로 아이란에게 다가서려 했고, 연합군은 그것을 막기 위해 필사적으로 제국군에게 달려들었다.

죽여 버려!

막아!

으아아!!

크아악!!!

대혼란, 대혼돈.

그 속에서 아이란은 조금의 흐트러짐도 없이 자신의 할 일을 계속한다.

우우우웅!

절반쯤 내려진 검.

"크어어어어……."

홍혈제의 비명이 줄어들었다.

그의 얼굴에 존재하는 모든 구멍 사이로 피가 흐르고 있었다.

십전마신강 지절의 최후의 비기.

신마혼우정.

그것에 천절의 힘을 결합해 사용하는 진정한 신마혼우정.

지절과 천절이 결합된 그 힘은 신과 같았던 홍혈제에게 통했다.

아이란과 아르낙스를 상대로 신과 같은 여유를 보였던 홍혈제. 그에게 비명에 지르게 하며 처참한 상황에 빠뜨렸다.

스스스스.

우우우우웅!

그러나 아직 끝나지 않았다.

아직 홍혈제는 일어서 있었고, 검은 여전히 내려지고 있었다. 황제가 아이란을 노려보았지만 이미 그의 눈은 풀리기 직전.

"크어어억……."

마침내 비명이 사그라들고, 홍혈제의 목이 푹 숙여졌다.

"……."

그와 함께 검이 바닥에 닿았다.

털썩.

홍혈제의 몸이 무너지며 무릎이 꿇려졌다.

그 모습을 본 제국군의 모습이 멈추었다. 그와 함께 연합군도 멈춘다.

정적.

질식할 것만 같은 침묵이 전장에 퍼진다. 그러나 그것도 잠시.

우와아아아아아!!

와아아아아아아아아!!!

황제가 쓰러졌다아아!

황제를 이겼다아아아아아!!

승리의 함성.

연합군으로부터 승리의 함성이 울린다.

아이란 그락서스 만세!!

아이란 그락서스 만세!!

연합군 만세!!

연합군 만세!!

그 함성을 들으며 아이란은 무너질 것 같은 몸을 버티고 있던 정신을 풀었다.

털썩.

검을 지팡이 삼아 무릎을 꿇은 아이란.

금방이라도 바닥에 누울 것 같은 몸과 정신을 부여잡았다.

'잠들고 싶다.'

지금 이 순간, 그의 간절한 소망이었다.

CHAPTER
3

신들의 전쟁.

Gods at war.

—신들을 목격한 어느 귀족

함성이 들리는 가운데 아이란은 생각했다.

'잠들고 싶다.'

눈꺼풀이 무겁다. 금방이라도 잠이 쏟아질 것 같다. 이곳이 딱딱한 흙바닥이든 푹신한 침대든 상관없었다. 그 어떠한 환경이라도 두 눈만 감는다면 곧바로 잠들 것이다.

그러나 세상은 아직 그에게 잠을 허락하지 않는다.

[눈을 떠라, 계약자여!]

마음에 천둥처럼 울리는 이 목소리.

'로물루스?'

[시간이 없다! 어서 눈을 떠라!]

다급한 로물루스의 목소리. 그러나 너무나도 졸린 아이란이다. 눈을 뜨고 싶지 않았다.

'무슨 일······.'

그 순간.

화아아악!

거센 바람이 아이란의 전신을 때렸다.

쿵!

그와 함께 울리는 대지의 비명.

눈을 뜨지 않으려야 않을 수가 없다.

'······!'

그것을 보자마자 두 눈이 번쩍 뜨인다.

번쩍이는 황금의 갑옷을 입고, 그와 같은 재질의 검과 방패를 들고 있는 자.

황금의 무구엔 아름답게 세공된 보석들이 가득 박혀 있었다.

그것들만 놓고 본다면 그저 비싸디비싼 갑옷에 불과하다.

그 가치를 생각하면 놀랄 만도 하지만, 아이란이 이러한 반응을 보일 정도는 아니었다.

아이란이 놀란 이유.

그것은 바로······.

"거신……!"

그렇다.

황금의 무구를 갖춘 자.

그것은 인간의 체형을 아득히 뛰어넘는 거신.

그가 공간을 뚫고 나와, 홍혈제 뒤에 섰다.

—위벨.

중후한 거신의 목소리.

"아우구스투스……."

—그대가 이런 곤경에 빠진 모습은 처음 보는군.

"큭큭, 그런… 쿨럭!"

—후후, 그대가 어떠한 말을 하고 싶은지는 알고 있다. 그러나 참도록. 그대의 몸은 온전치 않으니. 어찌할 것인가? 후방으로 후퇴하여 그대의 몸을 회복할 것인가? 혹은 나와 하나가 되어 전쟁을 이끌 것인가? 그 어떠한 선택을 하든 본인은 그대의 의향에 따르도록 하겠다.

"하나……."

—알겠다, 위벨.

스윽.

아우구스투스라 불린 거신, 그의 황금빛 손이 홍혈제를 덮었다.

화악!

홍혈제를 감싸는 빛.

그 빛이 사라지자 홍혈제의 몸은 어디에도 없었다.

그 광경을 지켜본 다른 이들은 사라진 홍혈제에 당황했으나 아이란은 알고 있었다.

홍혈제가 어디로 간 것인지.

'바로 저 갑옷 속에 있지.'

아이란이 황금의 거신을 노려보았다.

─후후, 위벨을 곤경에 빠뜨린 인간이여.

아우구스투스가 아이란에게 말을 걸어왔다.

─그대와 이어진 죄인, 로물루스를 불러내라.

'……!'

아이란의 눈이 더욱 커졌다.

저 거신, 로물루스를 알고 있다?

─부르지 않을 것인가? 본인은 물론이거니와 본인의 계약자인 위벨 호엔촐레른 역시 기다리는 것은 좋아하지 않네만.

슈아아악!

말이 끝나기가 무섭게 단숨에 접근, 그 거대한 주먹을 휘두르는 아우구스투스!

아이란의 몸집보다 더욱 거대한 저 주먹을 맞는다면 그대로 전신이 터져 나가 죽을 것이 틀림없다.

저러한 주먹이 날아온다면 그저 두 눈을 감은 채 죽음을 기다리는 것이 상책이라 생각될 정도. 그러나 아이란은 절대 두 눈을 감지 않았다.

그 어느 때보다 똑똑히 뜨고 주먹을 노려보았다.

콰직!

부우우웅!

파아아아아아악!

아이란의 바로 앞.

주먹이 멈추고, 그로 인해 일어난 풍압이 아이란의 머리를 흩날렸다.

—오랜만이로다, 폐주이자 죄인이여.

—오랜만이군, 아우구스투스.

주먹이 멈춘 이유.

그것은 아우구스투스가 사정을 봐주어 멈춘 것이 아니다.

어느새 소환된 로물루스가 굳건히 그 주먹을 쥐고 있었다.

"아는 사이인가, 로물루스?"

—물론이다. 이 자의 이름은 아우구스투스. 바로…….

—신족의 왕이다.

로물루스의 말을 끊고, 아우구스투스가 답했다.

—본인을 몰아내고 스스로 왕의 권좌에 앉은 자이다.

로물루스의 말이 더없이 씁쓸하다.

—후후, 능력 있는 자가 무리를 이끄는 것은 당연하지 않

나, 폐주여?

—…….

—능력이 없으면 물러나야지. 본인은 그저 모두가 물러나라 소리칠 때 그들을 대표해 나선 것일 뿐. 그대는 왕의 자리에 어울리지 않았다.

아우구스투스의 말에 로물루스는 아무런 대답도 하지 않았다.

—게다가 지금의 이 모습. 전대의 왕이었다 하여도, 일개 백성으로 전락한 주제에 감히 왕에게 반역을 하는 역도의 모습이 아닌가?

—그것은…….

—분명 명을 내렸다. 차원을 돌며 죄인을 잡아들이고 그대의 무능함으로 인해 고통 받은 신족들에 사죄하라고. 그러나 지금은 죄인 대신 왕을 향해 칼을 빼 든 모습이로군.

'……'

이런 모습의 로물루스는 처음이었다.

당당하고 굳건하기가 하늘과 같았던 그였건만, 이러한 모습이라니.

이러한 모습은 절대 로물루스에 어울리지 않았다.

'아니, 내가 알던 로물루스는 이러한 자가 아니다!'

—후후, 무어라 말을 해보도록, 폐주 로물루스여. 무어라

할 말도 없는 것인…….

"그래서?"

—음?

아이란이 자신의 말을 끊자, 아우구스투스가 아이란을 내려본다.

—방금 무어라 말을 한 것인가, 폐주의 계약자여. 그대의 대답 여하에 따라 그대의 처분을 결정…….

"그래서 어쩌라고."

—…….

아우구스투스가 입을 다물었다.

그의 미간이 찌그러지며 아이란을 바라본다.

마치 '이것은 뭐하는 생물이기에 자신에게 이렇게 나오는가?'라고 생각하는 듯한 얼굴.

"결국은 로물루스가 당신에게 져서 이러한 입장인 것 아닌가?"

—그렇다, 폐주의 계약자.

"그렇다면 이기면 되겠군."

—음?

마치 못들을 것을 들었다는 반응.

—방금 무어라 그랬지? 한 번 더 말해보도록.

"이기면 되겠다고 하였다."

—······.

—······.

아이란의 말에 두 거신은 아무런 반응이 없어 침묵만이 자리한다.

—푸홋.

마침내 터져 나온 반응. 웃음의 전조, 그것도 기분 나쁜 비웃음의 전조.

—후하하하하하하!

쩌렁쩌렁.

아우구스투스로부터 웃음이 터져 나왔다.

—후하하하하하하하하하!!

우르릉!

하늘이 울리고, 땅이 흔들리는 웃음소리.

—재미있군.

아우구스투스의 눈이 빛난다.

—아주 재미있어. 폐주의 계약자. 이름이 아이란이라 했던가? 그대는 참 재미있는 인간이로군. 그대의 이름, 기억해 두겠다.

"영광이라 해야 하나?"

—당연 영광으로 여겨야 할 것이다. 언제나 밟아 죽일 수 있는 벌레의 이름을 기억해 주는 것이므로. 그러니, 영광으로

알고 죽어라.

파앙!

아우구스투스가 잡혀 있는 손을 털어내며 로물루스에게서 벗어났다. 그와 함께 납검해 둔 검을 뽑아 들며 아이란에게 휘두른다.

―아이란!

아이란은 그것을 재빨리 피해낸 뒤 로물루스에게 다가간다!

화악!

아이란의 몸을 감싸는 빛!

그 눈부심에 아이란은 눈을 감았다. 그리고 다시 눈을 떴다.

그것은 찰나의 찰나.

그러나 어느새, 아이란은 전장이 아닌 다른 공간 속에서 눈을 떴다.

로물루스와의 합일.

이제 2차전의 시작이다.

*   *   *

[온다!]

눈을 뜨기 무섭게 시야를 가득 덮은 적.

아이란이 재빨리 뒤로 물러섰다.

그와 연결된 로물루스의 거대한 몸체가 순식간에 움직여 아우구스투스의 공격을 피한다.

[한 번 더!]

'말하지 않아도 알고 있다!'

이미 아이란은 후속 공격을 예측! 몸을 틀어 그 공격을 피한다.

그와 동시에 어깨를 그대로 아우구스투스의 가슴에 파고든다.

콰직!

로물루스의 어깨가 그대로 박혔다.

그러나.

—겨우 이 정도인가?

쾅!

오히려 후려치는 공격에 로물루스가 튕겨난다.

—그때 이후 더욱 약해졌군.

아우구스투스의 말이 로물루스뿐 아니라 아이란의 가슴도 사정없이 찌른다.

스아아악!

소리의 속도와도 같은 필살의 검!

—시시하군.

챙!

필살의 공격이었으나 아우구스투스에겐 전혀 통하지 않는
다. 그렇다면.

'통할 때까지!'

샤아악!

한 번의 베기. 그러나 결과는 하나가 아닌 셋.

악룡의 발톱, 악룡대조.

그 초식이 한 번, 두 번, 세 번을 넘어 일곱, 여덟, 아홉.

마지막 열.

열 번 즉 서른 번의 베기가 아우구스투스에게 가해진다. 그
러나!

채채채채채채채채채채챙!

번쩍이는 황금의 방패가 그 모든 공격을 모조리 막아내고
있다.

흠집조차 보이지 않는 강도.

—후후, 오랜만에 보는 그대의 무구는 어떠한가.

—아이기스는 여전히 단단하군.

—하하, 최근 갈락시아와의 전쟁에서도 나를 지켜주었지.
하하, 너의 자랑이었던 아이기스는 이제 나의 것이다.

—그렇군.

노골적인 조롱이다. 그러나 로물루스는 눈 하나 깜빡이지 않으며 손에 쥔 검에 힘을 더한다.

'로물루스.'

[왜 그러지, 계약자여?]

'약속한다. 우리는 반드시 저 개자식에게서 승리한다.'

[그거 기분 좋은 약속이군.]

평소 거친 말을 잘 사용하지 않는 아이란. 그가 분노했다.

아르낙스의 희생으로 겨우 홍혈제를 물리쳤더니 등장한 거신. 그가 그들이 치렀던 희생을 원점으로 되돌린 상황에서 아이란은 상당히 화가 북받쳐 있었다.

그에 더해 로물루스에게 모욕적인 말이 가해지니 그의 분노는 현재 최고조에 달했다.

'흐아아압!'

기합과 함께 내질러지는 검!

손톱이 통하지 않는다면, 뿔로 꿰뚫는다!

한 보, 한 보를 밟으며 실은 힘과 무게를 더해 검이 아이기스를 찔렀다!

탐서충각!

쾅!

그것은 작렬!

거대한 충돌음이 세상을 울렸다!

드르르르르륵!

누군가 뒤로 밀려났다.

밀려나지 않으려 두 발을 대지에 박았건만 고랑이 생기며 밀려난다.

남은 이는 은색.

밀려난 이는 금색.

로물루스, 그는 찌른 자세 그대로 남아 있고 아우구스투스는 방패를 든 자세 그대로 한참을 뒤로 밀려났다.

―크흐!

대지에 박힌 발을 빼어내는 아우구스투스.

―크흐흐! 이렇게 나오셔야지. 너무나도 지루했다, 폐주여!

―안타깝군.

―무엇이 안타까운 것이지?

―그대는 다시는 그러한 감정을 느낄 수 없을 터, 찬탈자여.

타앗!

그 말과 함께 로물루스는 다시 한 번 아우구스투스를 공격!

방금과 같은 탐서충각!

그러나 아우구스투스 그는 신족에서도 이름난, 뛰어난 무인이다.

똑같은 공격이 통할 리가 없다!

쾅! 콰쾅!

—크윽!

아우구스투스가 또 뒤로 밀려났다.

[방금 그 공격, 놀랍군.]

'후후.'

조금 전의 그 공격.

그것은 평범한 탐서충각이 아니었다.

충돌음이 들린 것만 세 번.

한 번의 공격에 총 세 번의 탐서충각이 이루어졌다.

일초식인 악룡대조의 묘미를 이초식 탐서충각에 섞은 새로운 초식.

아이란만의 새로운 초식이 세상에 펼쳐진 첫 순간이다.

—크으, 아직 죽지 않았다는 것인가?

아우구스투스가 고랑에서 걸어 나와 자세를 가다듬는다.

—후후, 폐주, 선왕이시여.

화아아악!

아우구스투스의 전신에서 빛이 발광한다.

번쩍이는 황금의 갑옷도, 검도, 방패도!

세상을 금빛으로 물들일 듯한 빛의 맹렬한 기세!

—그대의 신하가 오늘 그대의 질긴 목숨을 끊어주리라!

화아아아아악!

빛은 더욱 짙어진다.

[아이란!]

'알고 있다!'

그에 대항해 아이란 역시 힘을 끌어 올린다.

십전마신강이 아이란의 전신에서 끌어 올려진다.

도도히 흐르는 마신진기가 그의 육체를 감싸며, 불사진기가 중요 신체 부위에 스며든다.

그 모습은 그대로 로물루스에게도 적용.

황금의 거인에 대항해 어둠의 거인이 대지에 섰다.

황금의 거인이 세상을 밝히는 빛이라면, 어둠의 거인은 그 빛을 먹어치우는 포식자.

그러한 거인들의 모습을 어느새 전쟁을 멈춘 양측의 병사들이 불안한 눈으로 바라보았다.

"저것들은 대체 무엇이지? 괴물인가?"

"마법으로 만든 것 아냐?"

"아니. 마법으로 저러한 것들을 만들 수 있다는 건 들도 보도 못 했다구."

"그럼 저것들은 대체 무엇이란 말이야? 왜 갑자기 전장 한복판에 나타나서 싸우는 것인데?"

"그야 당연 나도 모르지."

병사들은 말할 것도 없고, 기사 등 간부들 역시 갑론을박으로 떠든다.

고위층 역시 이루 말할 것이 없다.

"대체 저 거인들은 무엇이오?!"

"마법사! 마법사를 불러오라! 그에게 설명을 들어야겠다!"

"허허, 어둠의 거인과 황금의 거인이라니. 세상이 멸망할 때가 온 것인가? 이러한 예언은 그 어떠한 책에서도 읽어본 적 없는데."

"저 역시 마찬가지입니다. 제 서재뿐 아니라 왕국의 도서관 어느 서적에서도 저런 거인들에 대한 내용은 없었습니다."

"어쩌면 진짜 세상이 멸망하는 순간인지도 모르겠습니다."

수많은 사람들.

그들은 불안한 눈으로 거인들을 바라보았다.

제발 저 거인들이 계속 자신들끼리만 싸우기를.

절대 이쪽으로 눈길을 돌리지 않기를.

"둘이 같이 죽었으면 좋겠군."

입 밖으로 나온 누군가의 마음.

혹시라도 들을 새라 곧바로 손으로 입을 닫은 그였지만 들을 사람은 다 들었다. 그리고 고개를 끄덕였다.

그것은 여기 있는 모두와 같은 생각이었다.

　　　　　＊　　　＊　　　＊

　─쥐새끼들이 신경 쓰이나?

아우구스투스의 물음.

그에 로물루스는 미동조차 하지 않고 그를 주시한다.

날카로운 두 눈은 아우구스투스의 전신을 담아 약점을 찾
는다.

　─후후, 무엇을 그리 눈이 빠지게 찾는 것인가? 나의 약점?

　─그렇다.

　─그래… 그럼 하나 묻도록 하지. 지금의 내게서 약점이란
것이 보이는가?

　─아니, 보이지 않는군.

　─그래. 지금의 내게 약점 따위란 없다.

로물루스의 대답에 만족한 듯한 아우구스투스. 그러나 로
물루스는, 아이란은 알고 있었다.

완벽한 듯 보였던 아우구스투스에게 방금 약점이 생겼다.

그 약점.

'방심.'

자신을 실력을 알기에 보이는 저 자만감.

그것이 바로 아우구스투스의 작은 약점.

아이란과 로물루스는 저 작은 약점에 검을 쑤셔 박아 크기를 키울 것이다.

아무리 큰 제방이라 할지라도 작은 구멍에 무너지는 법. 저 자만감은 그 구멍의 역할을 해주기에 충분하다 못해 넘친다.

—그럼 시작해 볼까.

화아아아악!

아우구스투스. 그에게서 뿜어져 나오는 빛이 한순간에 사라져 그 모습을 드러냈다. 의아를 담기도 짧은 시간!

그와 함께 이어진 것은!

번쩍!

화아아아아아악!

눈을 멀게 만들 것 같은 빛이 터져 나왔다.

다행히 아이란과 로물루스에게는 별다른 피해가 없었으나, 저 멀리 보이는 사람들이 눈을 부여잡고 바닥을 뒹구는 모습이 보였다.

그러나 아이란은 그것에 대해 신경을 쓸 시간이 전혀 없다!

섬광과 함께 아우구스투스가 돌진하였으므로!

그의 손에 들려 있던 검과 방패는 어느 순간 사라졌다. 아니, 사라지지 않았다.

형체가 변화되어 두 손을 둘러싼 황금의 장갑이 되어 로물루스를 두들긴다!

세상 존재하는 그 어떠한 공격도 막을 수 있는 단단한 방패, 아이기스.

그 무엇도 막을 수 있다는 단단함은 공격에도 아주 유용한 수단.

그 힘이 고스란히 담긴 주먹이 로물루스를 두들긴다.

그에 로물루스는 검을 들어 막는다.

주먹과 검이 맞닿는 그 순간!

쩡!

휘리리리리릭, 퍽!

검날이 부러져 날아갔다.

'……!'

모든 것을 분쇄하는 파멸의 주먹이 그대로 밀어닥친다. 그에 아이란/로물루스는 다음의 수를 생각하지만.

콰직!

'커억!'

아우구스투스의 주먹은 그보다 훨씬 빨랐다.

파멸의 힘을 담고 있는 빛의 주먹은 그대로 어둠의 중심, 로물루스의 가슴을 타격했다. 로물루스는 그대로 튕겨졌다.

[크윽!]

그러나 아이란/로물루스는 겨우 일격에 무릎을 꿇을 이들이 아니다.

쿵!

균형을 바로잡고 대지에 두 다리를 굳건히 박으며 착지. 그와 함께 두 손을 올려 방어의 자세를 취한다.

콰앙!

동작이 끝나기가 무섭게 날아오는 아우구스투스의 주먹.

그것에 맞서 아이란/로물루스 역시 주먹을 내지른다.

진각을 밟아 그로 인해 솟구친 힘이 다리를 타고, 허리를 타고, 팔을 타고 그대로 아우구스투스의 주먹과 격돌!

콰아아아앙!

아이란/로물루스의 단단한 가드에 금이 갈 정도의 일격. 그러나 이것이 끝이 아니다.

아우구스투스, 그의 공격은 지금부터 시작이다.

콰앙!

콰앙!

콰아앙!

사정없이 두드려 댄다.

처음의 금은 더 큰 금이 되어간다. 이대로 간다면 무너지는 것은 당연지사.

언제까지 이렇게 있을 순 없다.

모종의 결심을 한 아이란.

로물루스의 두 눈을 통해 다가오는 아우구스투스의 주먹

을 똑똑히 바라본다!

스아아아아악!

묵직한 일격.

가드를 부수기 위한 아우구스투스의 전력이 담긴 주먹!

그 주먹이 가드에 닿기 직전!

아이란/로물루스는 백스텝을 밟는다.

파앙!

허공을 때린 아우구스투스!

그때 아이란/로물루스가 움직인다.

스르륵!

기민하게 움직이는 거대한 몸체!

아이란/로물루스는 상체를 숙이며 매끄럽게 아우구스투스의 하단부에 접근, 그대로 주먹을 내지른다.

콰앙!

—크윽!

아우구스투스의 배 부분에 정통으로 작렬!

그의 황금 갑옷에 흠집이 생길 정도!

그러나 끝나려면 아직 멀었다. 그동안 쌓아둔 울분을 풀어야 할 시간!

쾅, 쾅, 콰쾅!

기민하게 움직인다.

사정없이 두드린다.

─크아아!

아우구스투스의 포효!

그가 주먹으로 깍지를 껴 로물루스의 등을 내려찍었다!

휙!

그러나 로물루스는 접근할 때와 같이 매끄러운 움직임으로 피해냈다.

─비겁한 기술만 늘었군, 로물루스.

'개소리.'

아우구스투스의 말은 무시한다.

[나 역시 동의한다.]

로물루스 역시 같은 의견.

'그럼 가볼까.'

[좋을 대로.]

아이란, 그가 검을 쥔 자세를 취한다.

그와 연결된 로물루스 역시 같은 자세.

ㅊㅊㅊㅊㅊㅊㅊㅊㅊ!!

손을 통해 분출된 어둠.

그것이 아이란/로물루스의 손에서 한 자루의 검이 된다.

[노파심에 말을 한다만, 그대는 알고 있겠지? 이 검은······.]

'알고 있다, 로물루스. 이 정도 크기의 하이어 리히트를 그

리 오래 유지할 수 없다는 것을.'

지금 그들이 형성한 어둠의 검.

그것은 순도 일백 퍼센트의 하이어 리히트로 이루어진 검.

무형을 유형으로 만드는 것도 일일진대, 이러한 크기라면 말할 것도 없다.

유형의 물체에 덧씌우는 것과는 차원이 다른 오로라의 소모량.

여기까지 온 이상 최대한 빨리 끝을 내야 한다.

'이 검을 유지할 수 없게 되었을 때.'

그때는 그들의 패배일 것이다.

척!

─후우, 순수한 에테르로 이루어진 검인가. 괜찮군. 그러나 그 어떠한 것도 내 앞에선 쓰레기, 장난감에 지나지 않는다!

활활!

아우구스투스.

그의 손에서 빛이 불꽃처럼 타오른다.

틀림없다.

저것 역시 하이어 리히트.

아이란의 어둠과 마찬가지로 너무나도 순수한 오로라의 결정체. 그 밀도가 넘치다 못해 타올라 분출될 정도의 양.

쾅!

아우구스투스가 그의 두 주먹을 부딪쳤다.

―그럼, 다시 시작해 볼까!

*　　　　*　　　　*

어둠이 베어오고 빛은 후려친다.

그것을 바라보는 한 쌍의 눈동자.

"크윽!"

눈의 주인이 신음을 흘렸다.

전신에 힘이 들어가지 않는다. 앞이 흐릿하고 소리도 들리지 않는다.

온몸에 피가 빠진 것 같다.

몸을 일으키려고 노력하나 몸은 말을 듣지 않는다.

결국 그는 일어서는 것을 포기했다. 차가운 대지가 식어버린 그의 몸을 얼린다. 이대로 가다간 생명이 위급할 수도 있는 상황.

그런 그에게 누군가가 다가왔다.

시야가 흐릿하지만 그는 다가온 이를 알 수 있었다.

자신의 부하가 틀림없다.

부하라곤 하지만, 친구와 같은 인물.

그가 품에서 무언가를 꺼내 자신에게 뿌린다.

그곳을 중심으로, 고통이 조금씩 가신다.

'카알…….'

떨어지지 않는 입을 열려 노력하나 현실은 뻐끔뻐끔 열릴 뿐이다.

상대가 무어라 연신 소리치나 전혀 들리지 않는다.

그런 그의 눈동자.

소리치는 상대의 너머를 바라본다.

흐릿하다.

어둡고 밝다.

빛과 어둠이 부딪친다.

팽팽하다.

양쪽 모두 한 치의 물러섬도 없다. 그러나 그에겐 보인다.

조금씩, 아주 조금씩 어둠의 자리로 빛이 들어서고 있음을.

자신이 나서야 한다.

'그러나…….'

육체는 자신의 의지를 배반한다.

전신에 힘이 들어가지 않는다. 그렇게 자신의 의지와 육체가 씨름을 할 때.

빛과 어둠.

그 치열했던 전쟁이 조금씩 한쪽의 우세로 기울어지고 있었다.

어느덧 어둠은 저만치 밀려났고, 빛은 사정없이 몰아붙이고 있었다.

'크으……'

육체가 비명을 지른다. 그러나 그 비명을 그는 무시한다.

스러져 가는 어둠에 도움이 될 수 있는 것은 오직 그 자신뿐.

그가 자신의 도움을 기다리고 있다.

파직!

심장에서 짜낸 한줄기의 힘.

그것을 전신에 돌린다.

굽이굽이 혈관을 타 돌고 돈다.

한 바퀴 돌 때마다 몸집을 불리는 힘.

처음의 미약했던 모습은 점점 살이 붙고, 근육이 붙어 강성해진다. 그러나 신중해야 한다.

단 한 번뿐.

이번 단 한 번뿐이다.

절대 허무하게 날려서는 안 된다.

"나를……"

뻐끔거리던 입에서 드디어 말소리가 나온다.

그것에 반응하는 사내.

자신에게 무어라 말을 하나 여전히 들리지 않는다.

"나를… 일으켜 세워……."

그의 말을 들은 사내가 고개를 젓는다.

안다.

자신의 몸 상태. 그것을 고려하면 여전히 누워 있어야 한다
는 것을. 그러나 그럴 상황이 아니다.

"일으켜… 세워……."

여전히 그는 고개를 젓는다.

스륵.

팔을 들어 올려 그의 옷깃을 부여잡았다.

힘이 들어가지 않아 꽉 쥐지도 못하는 손길. 그것을 느낀
사내는 더욱 불허하는 표정.

"세워……."

결국 사내는 고개를 떨구었다. 그리곤 천천히 그의 몸을 일
으킨다.

천천히, 아주 천천히 그의 몸이 세워졌다. 그 과정에서 두
눈은 빛과 어둠을 놓치지 않는다.

두 눈에 힘이 들어간다.

흐릿한 광경이 점점 윤곽을 드러낸다.

천천히.

그의 손을 들어 올린다. 높이, 하늘을 향해 올라간 오른손.

그곳으로 기운을 모은다.

전신을 돌며 몸집을 불린 기운. 그것은 그대로 한 자루의 창이 된다.

파직, 파지지직!

그의 팔에 힘이 들어간다.

준비한다.

그의 눈이 가늘어진다.

겨눈다.

때를 기다린다.

어둠이 밀리고 있지만, 지금이 아니다.

아직, 아직, 조금 더 기다린다.

이 단 한 번의 기회.

그것을 최대로 살릴 순간을 기다린다. 기다리고 또 기다린다. 그리고 마침내.

'지금.'

휘익!

전신의 모든 힘을 쥐어짜내 창을 날린다.

그와 함께, 그는 다시 정신을 잃었다.

*   *   *

쾅!

콰앙!

사정없이 두들기는 철퇴와 같은 주먹. 발광하는 빛의 철퇴에 검신이 떨린다.

콰앙!

후려쳐 오는 주먹을 검으로 쳐냈다.

베어버리려는 의도였으나 현실은 쳐내는 것으로 만족해야 할 정도.

그 정도로 저 주먹은 단단하다.

무쇠와 같은 수준이 아니다.

그러한 것쯤은 살짝 닿는 것만으로도 베어버릴 수 있다. 그러나 저 주먹은 그 무엇보다 단단하다.

스아아악!

어떻게든 타격을 주기 위해 검을 쥔 손에 더욱 힘을 더한다.

조금이라도 더 빠르게, 더 강하게.

쾅!

그러나 무적의 방패, 아이기스의 힘이 담긴 저 주먹은 도저히 벨 수 없다.

―겨우 이 정도인가, 로물루스! 나를 더 즐겁게 해다오!

아우구스투스의 도발. 그러나 대응할 여력도 없을 정도.

아이란/로물루스.

그들은 최선을 다하지만 조금씩, 조금씩 밀려갔다.

그들의 영역은 줄고, 그 자리를 아우구스투스가 채운다.

이대로 가다간 아이란/로물루스가 설 대지조차 없을 것이다.

대책.

대책을 세워야 한다. 그러나 답이 나오지 않는다.

고민하고 또 고민한 그들이다.

도저히 자신의 힘으론 방법이 나오지 않는다.

대체 어떻게 해야 할까.

그러한 고민을 하는 사이 한 발 더 물러난 그들.

물러나고 싶지 않아도 방법이 없다.

혼신을 짜내어보지만, 아우구스투스의 압도적인 힘 앞에 혼신은 아무것도 아닌 것과 다름없었다.

―겨우! 겨우 이 정도인가 로물루스! 한때나마 나의 왕이었던 자여! 겨우 이 정도로 왕을 자처했던가!

적의 도발을 넘어선 폭언이 계속된다.

―한심스럽구나! 한심스럽구나, 왕의 종자여! 이제 그 한심한 생의 종지부를 이 몸이 직접 찍어주겠다. 발버둥 쳐보아라, 로물루스!

화아아아아아아악!

아우구스투스, 그의 전신에서의 발광이 한층 짙어졌다.

짙어지고 또 짙어지고, 이젠 백색 그 자체. 마치 지우개로 세상의 그 부분만 지운 것과 같은 이질적인 순백의 빛.

[거대한 힘이 다가온다, 계약자여.]

'알고 있다, 로물루스.'

[그대와 나. 우리의 인연은 여기까지인가 보군.]

체념하는 로물루스.

아이란 역시 말은 하지 않았지만 동의했다.

—파멸을 맞으라!

아우구스투스!

그의 순백의 빛이 그의 주먹 한 점에 모였다.

아이란과 로물루스는 알 수 있다.

저 일격은 절대 막을 수 없다는 것을.

타앗!

아우구스투스가 대지를 박찼다. 주먹을 찔러온다. 그에 아이란/로물루스 역시 대지를 찬다.

마주한 것이 죽음이란 것을 알지만, 순순히 죽어줄 순 없다. 적어도 반항은 하고 죽는다.

그러한 마음가짐!

그때!

푸욱!

—커억!

아이란/로물루스와 채 충돌하기 전. 아우구스투스의 신음이 들렸다.

콰지지직!

삐죽!

아우구스투스의 가슴을 뚫고 나오는 한 자루의 창.

고순도의 하이어 리히트로 이루어진 창이다.

왜 이러한 것이 아우구스투스의 가슴을 뚫고 나온 것일까?

아니, 지금은 이러한 생각을 할 때가 아니다.

가슴을 꿰뚫렸지만, 아우구스투스의 일격은 여전히 다가 온다. 그래도 이젠 한 가지의 희망이 보인다.

조금 전, 난공불락의 요새였던 것이 이젠 공략법이 보인다.

작은 틈이 생겼다.

그것을 활용하는 것에 따라 거대한 둑을 무너뜨릴 수 있다!

이것 역시 단 한 번의 기회.

아이란/로물루스로서는 절대 이 기회를 놓쳐선 안 된다. 두 손에 부여잡은 이 검에 모든 힘을 더한다.

다음 일격을 날릴 힘까지 모두 여기에 쏟아붓는다.

—으아아압!!

'으아아아!!'

인간과 거신.

그들의 하나가 된 기합. 거대한 적에 맞서는 승리를 기원하 는 기합!

―쓰레기들!

적 역시 내지르는 포효!

마침내!

그들의 일격들이 서로에게 맞닿는다!

콰직!

최후의 일격.

그러나 그러한 것치곤 작은 소리.

세상이 고요하다.

―크으으, 쓰레기들이……!

아우구스투스.

그가 믿기지 않는 듯 고개를 내려다본다.

드러난 광경.

거대한 어둠의 검이 자신의 심장을 찌르고 있었다.

아우구스투스, 그가 자랑하던 황금의 갑옷을 뚫고 이루어 낸 일격.

그 자신의 일격은 아슬아슬. 종잇장보다 얇게 아이란/로물루스를 두들기지 못했다.

―이러한 쓰레기들에게 이 몸이 졌단 말인가……!

울분.

분노.

수십 가지 감정이 뒤섞여 목소리를 통해 분출된다.

믿기지 않는다.

─그대가 졌다.

아이란/로물루스의 말.

─아니, 나는 지지 않았다!

분노를 토해내며 자신의 패배를 인정치 않는 아우구스투스.

─이 몸이 질 리가 없다. 이 몸이 바로 신족의 왕. 신족을 다스리는 주인이다. 그러한 이 몸이 절대 질 리가 없다.

─아니, 그대는 졌다.

─거짓말!

콰르릉!

천둥이 울리는 것과 같은 고함.

박력과 위압감이 넘치는 목소리지만, 아이란/로물루스는 반응치 않았다.

아우구스투스.

그의 몸을 가득 뒤덮었던, 이질적으로까지 보였던 빛이 꺼지고 있기에.

번쩍였던 황금의 갑옷 역시 빛을 잃어 녹슨 철갑옷과 같이 되었다.

─나는!

스륵!!

아우구스투스의 한쪽 팔이 모래가 되어 부서진다.

—나는 지지 않았다!

스르륵!

이번엔 다른 쪽 팔과 함께 상체의 일부.

—나는 지지 않았다! 아니, 질 수가 없다! 이 몸이 바로 무적이다!

스르르륵!

—내가 바로 아우구스투스……! 신족의 왕이다… 신족의 왕…….

퍽!

아우구스투스.

그는 결국 최후의 말을 끝마치지 못했다. 그의 전신에 금이 간다. 더욱 빠른 속도로 모래가 되어 무너져 내린다.

스르르르!

어디선가 흘러오는 바람. 그에 실려 가는 아우구스투스의 모래 잔해들.

—끝났군.

'그래.'

아이란과 로물루스.

그들이 치른 또 하나의 전쟁이 종막을 맞았다.

CHAPTER
4

천상천하유아독존(天上天下唯我獨尊).

하늘 위와 하늘 아래 오직 내가 홀로 존귀하다.

　　　　　　　　　　　　　　　　　—불타(佛陀)

모래가 되어 사라진 거신의 형체. 그 자리엔 모래의 일부와
함께 한 사람이 남았다.

홍혈제.

제국의 황제인 그가 정신을 잃은 채 외로이 남아 있다.

쿵, 쿵.

[이겼군.]

'그래, 이겼다.'

[진짜로 이겼군.]

'그래, 진짜로 이겼다.'

믿기지 않는 듯한 둘.

아직도 얼떨떨한 둘이다.

도저히 이길 수 없을 것만 같았던 상대를 이겼다. 마지막 순간, 누군가의 도움이 없었다면 도저히 이길 수 없었을 것.

그에게 정말 감사…….

'아르낙스!'

머릿속에 번뜩이는 한 존재.

그다.

그가 틀림없다.

그가 아니라면 그 누가 있어 아이란/로물루스를 도울 수 있단 말인가!

아이란/로물루스가 주변을 살폈다.

'아!'

아르낙스. 그를 발견했다.

칼제르맹 단장의 품에서 정신을 잃고 있는 그.

아이란/로물루스는 재빨리 그에게 다가갔다. 그 와중에 한 손에는 황제를 꼭 부여잡았다.

생사의 혈전에서 거둔 최고의 전리품.

이 전쟁을 끝낼 수 있는 카드이기에, 절대로 잃어서는 안 되는 전리품이었다.

쿵! 쿵!

거대한 몸체가 연합군, 아르낙스 쪽으로 다가오니 병사들이 경계한다.

덜덜.

거대한 거인에 몸을 부르르 떨며 창을 겨누는 병사들.

아이란/로물루스는 그들을 무시하고 아르낙스 앞에 선다.

칼제르맹 단장.

그가 칼을 겨누며 경계한다. 주인을 지키기 위해 거인에 맞선 그. 두 눈엔 한 점의 두려움조차 없다.

[계약자 아이란이여, 이제 그대의 시간이겠군. 본인은 이만 돌아가겠다.]

'고마웠다.'

휘익!

로물루스와의 분리. 그와 함께 로물루스는 차원 속으로 사라지고 아이란이 남았다.

"백작 각하!"

갑작스레 거인이 사라지고 아이란이 나타난 것에 대해 칼제르맹 단장이 놀란다.

"단장, 형님의 상태는?"

"그게… 위급한 고비는 넘기셨습니다만 상태가 너무 좋지 않으십니다."

"그렇군……."

아이란, 그가 아르낙스에게 다가가 그의 가슴에 손을 얹었다.

츠츠츠츠!

심장에서 나오는 불사성체의 정화인 불사진기가 손을 통해 아르낙스에게 전해진다.

주인인 아이란 그가 직접 사용하는 것보다는 못하지만 그래도 어느 정도 도움을 줄 터.

실제로 아르낙스의 얼굴색이 살짝 밝아졌다.

"후우!"

성과를 보이자 아이란은 심장의 불사성체를 최소한의 기운을 제외하고 모두 아르낙스에게 부어 넣었다.

덕분에 심장이 쪼그라드는 것과 같은 고통을 얻었지만, 이 고통도 그가 살아 있음으로 인해 느낄 수 있는 것.

아르낙스가 아니었다면 느끼지 못할 고통이다.

"컥!"

심장을 강타하는 강렬한 충격.

재빨리 다른 쪽 손으로 입을 막는다. 손가락 사이로 피가 흘러나온다.

"백작 각하, 괜찮으십니까?"

칼제르맹 단장의 말에 아이란은 조용히 고개를 끄덕였다. 그리곤 한쪽 손으로 옆에 놓인 홍혈제의 몸을 가리킨다.

"포박, 잘 간수하도록 하게."

"아, 예. 알겠습… 백작 각하!"

쿵!

아이란. 그 역시 정신을 잃으며 쓰러졌다.

아이란과 아르낙스. 그들이 사이좋게 누웠다.

*   *   *

어두운 대전.

황금의 옥좌에 앉아 눈을 감고 있는 노인.

무엇을 생각하는지 그의 주름진 입가에는 미소가 돌고 있었다.

"이겼군."

번쩍.

노인이 눈을 뜨자 빛과 함께 대전이 환하게 밝아진다. 그러자 드러나는 대전의 광경.

수많은 사람이 노인을 향해 엎드리고 있었다. 그리고 그들을 둘러싸고 있는 사람들은 노인에게 경의를 보내고 있었다.

덜덜 떨리는 몸들.

깨끗한 피부와 질 좋은 옷, 향기 나는 머리칼들.

고귀한 신분임이 틀림없는 증거.

"일어서라."

덜덜.

노인, 진자겸의 말에 엎드린 이들이 조심스레 일어선다.

그들 중 흰 수염을 늘어뜨린 노인이 조심스레 진자겸에게 말을 건다.

"우리를 어떻게 할 것이오……?"

"글쎄, 어떻게 해야 할까?"

"우리를 놓아주실 순 없겠소, 마제여?"

"후후, 침몰하는 배의 선장은 마지막까지 배와 함께한다지. 하물며 제국이다. 제국의 주인들께선 당연, 제국과 함께하여야 하지 않은가?"

"황제는… 죽었소."

"그래, 황제는 죽었지. 바로 이 손에 의해 죽었지, 전대 황제여."

"……."

"후후, 억울해 말라. 그대들의 피는 무 대륙의 새로운 시작을 알리는 신호가 될 것이니."

"…그게 무슨?"

"기대되지 않는가? 이 대륙을 넘어 전 세계에 새로운 질서의 깃발이 휘날리는 광경이……!"

"…그대는, 대체 어떠한 것을 생각하고 있는 것이오……."

"후후."

진자겸이 나지막하게 웃었다.

"글쎄, 어떠한 것을 꾸미고 있는 것일까? 그대가 맞추어보겠나? 대체 무엇일까?"

"…그대는 정상이 아니군."

"후후. 미친 세상이다. 미친 세상에선 미쳐 버린 상태가 정상이지."

"괴물……."

"괴물이라, 후후, 괴물. 나는 괴물인 것인가. 그런데 생각해본다면 나란 괴물을 만들어낸 존재는 바로 그대가 아닌가?"

"그게 무슨……?"

노인, 전대 황제가 진자겸의 말에 당황한다.

"그대가 일으킨 전쟁. 그것이 본좌, 여(予)의 인생을 바꾸었다. 그대가 아니라면 나는 그저 평범히 농사를 짓는 인생을 살았겠지. 아마 지금쯤이면 죽을 날만을 기다렸을 것이다. 그러나 그대가 젊을 적 일으킨 혈란이 여의 모든 것을 바꾸었다."

"……."

"그대에겐 감사해야 할지 저주해야 할지 모르겠군."

진자겸의 말에 전대 황제는 아무런 말도 할 수 없었다.

"그러니, 이제 여의 모든 것을 바꾸었던 그대의 피로, 여의 새로운 앞날을 열겠다."

스윽!

진자겸에 전대 황제를 향해 팔을 내뻗었다.

두둥실.

전대 황제의 몸이 천천히 떠오른다.

황제가 놀라 발버둥치지만 소용없다.

"부디, 지옥으로 가시게."

스릉!

진자겸의 허리춤의 검이 저절로 검집에서 뽑아진다. 그것
은 그대로 두둥실 떠올라 전대 황제를 향해 천천히 다가간다.

"아아……!"

전대 황제.

그는 천천히 자신에게 다가오는 검을 절망 어린 시선으로
바라보았다.

천천히, 아주 천천히 다가오는 검.

그것은 검첨이 황제의 가슴에 닿아서도 멈추지 않았다.

"크윽!"

스르륵!

천천히 살을 뚫고 들어가는 검첨.

황제는 검이 자신의 심장을 꿰뚫고, 등으로 삐져나올 때까
지 그것을 바라볼 수밖에 없었다.

축.

하늘에서 저항하던 황제의 힘이 사라졌다.

힘이 빠져 버린 황제의 몸, 시신이 늘어졌다.

털썩.

진자겸이 힘을 거두자, 황제의 시신이 추락하여 바닥을 아무렇게나 뒹군다.

펑!

콰직!

털썩.

폭발 소리.

공기 중에서 폭발이 일어나고, 무엇인가가 터졌다. 그리고 무언가 바닥에 쓰러지는 소리가 이어졌다.

덜덜!

황족들의 몸이 공포에 사시나무 떨 듯 떨었다.

그들은 보았다.

그들의 앞, 전대 황제의 배우자였던 전대 황후의 머리가 터져 버리며 바닥에 쓰러지는 모습을. 그러나 그들은 곧 공포에 떨 수조차 없게 되었다.

퍼퍼퍼퍼퍼퍼펑!

콰직! 콰직! 콰직!

황족들의 머리가 수없이 터져 나갔다.

결국 살아남은 황족은 아무도 없었다.

머리가 터져 버린 시신들만이 이 대전에 나뒹굴었다.

"크으으……."

대전에 울리는 울부짖음.

자식을 잃은, 가족을 잃은 부모의 흐느낌.

칼에 심장이 관통당한 전대 황제.

그가 아직 살아 있었다.

"이놈… 진자겸… 하늘이 두렵지 않느냐……."

"하늘?"

"하늘께서 널 용서치 않을 것이다……."

"후후? 하늘?"

가소로운 말투의 진자겸. 그가 더없이 오만한 표정을 지으며 얼굴에 손을 가져간다.

"하늘이라……."

찌직!

"……!"

무언가 찢기는 소리. 그와 함께 눈이 튀어나올 정도로 놀란 전대 황제.

그 모습을 여유롭게 바라보는 진자겸.

"여가 바로 하늘이다!"

진자겸의 손이 내려졌다. 손엔 찢긴 얼굴 가죽이 들려 있었다.

드러난 진자겸의 얼굴.

주름진 노인의 얼굴은 온데간데없다.

젊디젊은 사내.

당당하고 날카로운 눈빛과 그것을 받쳐주는 짙은 눈썹.

솟아오른 광대뼈와 굳건히 다물린 입술.

어느새 노인의 체구였던 진자겸, 그의 신체가 부풀어 올라 근육이 꽉 들어찬 신체가 되었다.

더 이상 노인의 모습이었던 진자겸은 없었다. 전체적으로 패기가 가득한 청년이 황좌에 앉아 아래를 굽어보고 있다.

"어떻게……."

너무 놀라 말을 더듬을 정도의 전대 황제.

"말했지 않나? 여가 바로 하늘이라고 말이야."

"말도 안 돼……."

"하늘에게 불가능한 것은 없다네."

"말도 안 돼……."

"후후, 여의 마지막 선물로 궁금증을 풀어줬지. 어때, 만족하나?"

진자겸이 묻거나 말거나, 전대 황제는 그저 멍하니 중얼거릴 뿐.

"만족하는가 보군. 그럼 이제 가시게. 지옥의 저승사자들이 그대를 기다리고 있군. 먼저 가서 자리를 잡아놓도록. 이 제 곧 따라갈 이가 많을 터이니 미리 자리 잡지 않으면 바쁠 걸세."

퍽!

전대 황제.

그의 머리통 역시 다른 황족들처럼 산산이 터져 흩어졌다.

"후후, 그럼 이제 아껴두었던 즐거움을 찾으러 가볼까나."

진자겸.

그의 입가에 미소가 짙어진다.

*   *   *

막사 안.

정신을 잃은 채 포박되어 있는 중앙의 인물. 그를 중심으로 수많은 이가 둘러싸 그를 바라보고 있다. 아니, 노려보고 있 다.

그 사나운 기세를 견디지 못하겠는지 고개를 절레절레 흔 들며 그가 정신을 차린다. 그리곤 주변을 둘러보며 자신의 상 황을 인식한다.

"본인이 졌군."

"그렇소. 그대가 졌소, 황제여."

"오랜만이군, 대공. 마지막으로 만났을 땐 같은 대공이었던 것 같은데 말이야."

"그대는 황제가 되었구려. 늦었지만 축하드리오."

"허허, 붙잡혀 포로가 된 황제가 되었지."

자르카 대공과 위벨 황제.

오랜 세월만큼 함께한 만큼 친한 친우를 만난 듯하다.

"이거 손목이 뻐근하구만. 포박은 풀어달라 말하지 않을 터이니, 이 수갑이라도 좀 풀어주면 안 되겠나?"

"그럴 수 없음은 그대가 더 잘 알 터인데?"

"내가 더 잘 알다니? 이유나 들어보도록 하지. 대체 왜 내가 더 잘 알 수 있다는 것인가?"

빠직.

히죽.

찡그리는 자르카 대공과 달리 미소를 띤 위벨 황제.

이 상황만 본다면 오히려 반대의 상황에 처한 것 같다.

"대공."

그때, 누군가가 나섰다.

"오, 나를 쓰러뜨린 연합의 영웅이 아니신가! 그대의 승리에 경의를 표하네, 그락서스 백작!"

아이란, 바로 그였다.

"그리 말씀해 주시니, 감사합니다."

꾸벅.

"하하, 고개를 들도록 하게. 그대는 승리자가 아닌가? 그때도 느꼈지만 우리는 정말 공통점이 많군. 설마 하니 그대 역시 나와 같은 신족의 계약자일 줄은 몰랐네. 그저 같은 전… 아, 이것은 말하면 안 되려나?"

"저 역시 황제께서 계약자이실 줄은 꿈에도 몰랐습니다."

둘의 이야기. 그러나 다른 사람들은 알아들을 수가 없다.

"잠깐, 잠깐. 같이 아십시다. 신족? 그락서스 백작, 그 신족이란 그 거인들을 말하는 것이오? 또 말을 하다 만 것은 또 무엇이고? 왜 말을 하면 안 된다는 것이지?"

둘의 대화에 자르카 대공이 끼어들었다.

"대답해 주시오, 그락서스 백작. 어젠 백작이 피곤에 의식을 잃어 묻지 못했지만 오늘은 물어야겠소. 대체 그 거인은 무엇이지? 그라나니아에서 새롭게 개발한 병기인가? 아, 그렇다면 황제 역시 가지고 있다는 것은 말이 안 되는가? 아니, 제국 측에서 개발한 것일 수도 있겠군."

자르카 대공의 말이 숨 쉴 틈 없이 쏟아졌다. 이글거리는 자르카 대공의 눈빛.

반드시 답을 받아내겠다는 결연한 의지가 느껴진다.

'으음……'

그 눈빛을 마주하며 아이란은 고민했다.

신족에 대해 밝혀야 할까?

밝힌다면 어디까지 밝혀야 할까?

처음부터 끝까지 모든 것? 아니면, 정보를 통제 일부분만 제공?

고민에 고민이 꼬리를 물고 이어진다.

신중해야 한다.

아이란 그 자신에게 위험이 되어 돌아올 수 있음으로.

"대답해 주시오, 그락서스 백작."

"대공의 말씀대로이오. 떳떳하다면 숨길 필요가 없지 않소?"

"제국과 그라나니아 측에서 개발한 신형 병기인 것이오?"

막사의 다른 이들.

그들 역시 대공에게 합류해 아이란을 압박한다.

'이것⋯ 좋지 않군.'

마치 아이란이 죄인이 된 것 같은 모양새. 취조를 당하는 기분이다. 아니, 이미 이것은 취조가 되어버린 지 오래.

아이란의 얼굴이 찡그려진다.

히죽.

그 모습을 재미난 구경거리라도 일어난 듯 바라보는 위벨 황제의 입술이 비틀린다.

결국 마음을 정한 아이란이 입을 열려는 그때.

쾅!

"이것이 무슨 소란입니까!"

거칠게 문을 열고 들어오는 남자.

몸이 성치 않아 곳곳에 붕대를 두르고, 부하의 부축을 받아 들어오는 남자. 그러나 그 목소리만은 당당하기 그지없는.

"아르낙스 형님."

"마샬 공작."

아르낙스 마샬.

그가 문을 열고 들어왔다.

"내가 밖에서 들어보니, 이 전쟁의 일등공신이었던 그락서스 백작을 마치 죄인과 같이 취조하더군요. 언제부터 공을 세운 이를 죄인으로 취급하는 문화가 생겼습니까?"

"그것은 그락서스 백작이 숨기는 것이……."

"숨기는 것이 뭐 어때서요? 대공께서는 모든 것을 열어두십니까? 대공의 영지 수입이라든가 병력, 비밀 세력 등을 세상에 전부 공개하셨습니까?"

"……."

"다른 분들 역시 마찬가지입니다."

"그것은 마샬 공작 역시 마찬가지 아닙니까?"

자르카 대공이 입을 닫자 다른 이들이 끼어든다.

"그래서요? 저는 묻지 않았습니다. 제가 아이란, 그락서스 백작에게 털어놓으라고 했습니까? 그것은 바로 여러분 아닙니까?"

그러나 결국 그 역시 아르낙스의 반론에 꿀 먹은 벙어리가 될 수밖에 없었다.

"누구에게나 한 가지씩 있는 비밀입니다. 게다가 비장의 카드가 될지 모르는, 아니, 비장의 카드가 확실한 것인데 그것을 그리 캐묻고 싶습니까?"

"캐묻다니요… 마샬 공작. 그 말씀은 좀 심하신 것 같습니다만……."

"아, 죄송합니다. 제가 말이 지나쳤군요. 그것에 대해서는 사과드립니다."

꾸벅.

정중하게 아르낙스가 고개를 숙이자 더 이상 흠 잡을 수 없다.

"크흠… 우리 역시 잘못한 것이 있소. 공작의 말이 틀리지 않구려. 우리 역시 공작과 백작에게 사과드리오."

"뭐야? 벌써 끝난 것인가? 이제 흥미진진해질 차례였는데… 재미없구만."

"그대는 조용히 하시오, 황제여. 우리 사이에 분열을 일으켜 보았자, 우리의 결속은 더욱 단단해질 것이오."

"뭐, 그것은 공작의 희망사항이겠지. 어쨌든 그건 넘어가도록 하고. 그래서⋯⋯."

위벨 황제.

그와 아이란의 눈이 다시 마주친다.

"그대는 말하지 않을 것인가? 그렇다면 내가 말하도록 하지."

위벨 황제.

그는 끝까지 아이란의 발목을 잡을 생각이었다.

"허허, 여러분 궁금한 것이 있으시다면⋯⋯."

"제게 물어보시지요, 성심성의껏 대답해 드리겠습니다."

위벨 황제의 말을 아이란이 가로챘다.

"흠흠, 백작이 그렇게 말씀해 주시니 묻겠소. 그 거인. 그것은 무엇이오? 제국이나 그라나니아에서 새롭게 개발한 병기?"

대공의 물음에 아이란이 고개를 저었다.

"아닙니다."

"그럼 그것은 무엇이오?"

"그 거인들의 정체는 바로 신족입니다."

"신족? 신족이라면 종족이란 뜻인가? 그 철과 금의 거인들이 인간과 같은 살아 있는 생명?"

자르카 대공의 반문에 고개를 끄덕이는 아이란.

"예, 그들 역시 저희와 같이 숨을 쉬는, 살아 있는 생명입니다."

"허어! 놀랍군. 계속 말해주시오. 그렇다면 그 거인… 신족들은 대체 어디서 왔소?"

"신족들이 어디서 왔냐고 물으신다면 저도 자세히는 모릅니다. 제가 알고 있는 것은 신족들은 저희와 다른 차원의 존재들이라는 것 정도."

"다른 차원의 존재… 그렇다면 이 세상의 존재가 아니란 것이로군. 그렇다면 대체 그 존재들이 어떻게 이 세상에 온 것이오? 또 어떻게 그대와 황제와 접촉을 했고? 혹 그 신족들이 우리의 세상을 침략, 전쟁을 일으키는 것은 아닌지……."

"앞 질문은 저도 잘 모르겠습니다. 그러나 신족들이 이 세상을 침략하는 것은 걱정하지 않으셔도 됩니다. 아주 특수한 경우, 몇몇 신족을 제외하고선 그들이 이 세상에 올 일은 없으니까요."

"그렇다면 이 세상에 활동하는 신족은 몇 정도 되오?"

"많이 잡아야 열을 넘기지 않을 것입니다."

"열이라……."

"다른 궁금한 점은 없으십니까?"

대공이 심각한 얼굴로 고민 중이라 아이란은 다른 이들을 보며 물었다.

그러자 그중 하나가 손을 들며 묻는다.

"백작, 이야기를 들어보니 신족과는 계약? 그러한 것을 해야 하는 것 같더군요. 백작은 신족과 어떻게 하여 계약을 하게 되었습니까?"

"그것은 '어쩌다 보니' 라고밖에 대답해 드리지 못하겠군요."

"숨기는 것이오?"

"이 마당에 숨길 것이 어디 있겠습니까. 곡해하지 마시고, 제 말 그대로 해석하시면 됩니다."

"크흠."

그 외 몇 가지 질문.

아이란은 그것들에 추가적으로 대답해 주었다. 다행히 황제가 말하다 만 부분은 잊혀졌다. 아무래도 전생자에 대해 이야기를 꺼내려던 것 같지만, 신족이란 큰 주제에 사람들은 이미 정신이 없었다.

"황제여, 그대가 말하고 싶은 것은 없소?"

"무엇을?"

"설혹 백작의 이야기에 보충을 한다든가, 다른 이야기라든가⋯⋯."

"글쎄⋯ 백작이 다 털어놓아서 그런지 내가 털어놓을 이야긴 없군."

자르카 대공이 위벨 황제를 떠보지만 별 성과는 없었다.

"흐음, 백작의 이야기가 정말 사실이오?"

"후후, 그락서스 백작의 면전에서 그런 이야기를 하다니. 역시 대공이야, 거침없지."

"내 질문에 대답하여 주시오."

"그락서스 백작을 못 믿는 것인가?"

"나는 백작을 믿소."

"그럼 왜 내게 묻는 것이지?"

"그것은……."

"믿지 못하겠으면 믿지 못하겠다고 말하게."

자르카 대공의 얼굴이 퍽 구겨진다.

"다시 한 번 말하겠소. 나는 그락서스 백작을 믿소."

"그런가? 그렇다면 다행이군."

휙!

자르카 대공이 위벨 황제로부터 몸을 돌렸다. 더 이상 위벨 황제와 말을 섞지 않겠다는 표현.

"후후."

위벨 황제.

그의 미묘한 웃음이 대공의 뒤를 따랐다.

*   *   *

몇 시간 후.

제국 측에서 사신이 찾아왔다.

그들의 황제가 잡혀 있기에 이미 제국의 패전과 같은 상황.

황제의 안위를 확인하고 종전 협상을 위해 찾아온 이들이었다.

"우리 연합이 요구하는 조건은 노딕의 독립과 함께 연합군과 노딕에 배상금을 지급. 또한 앞으로 십 년간 다른 국가와 전쟁을 벌이지 않겠다는 불가침 조약이오."

"그것은……."

"좋군. 수락하지."

제국 측 사신단장이 협상을 진행하려 했으나, 위벨 황제는 단숨에 승낙해 버렸다.

"구체적인 것은 단장으로 온 공작과 의논하도록 하지. 웬만한 것은 내 이름으로 모든 것을 들어주도록 하겠소."

"좋군요."

자르카 대공이 고개를 끄덕였다.

"그런 의미에서, 이제 그만 이 포박을 풀어줄 때도 되었지 않나? 혹 내가 날뛸까 걱정이라면 접어두셔도 좋소. 내가 그렇게 앞뒤 분간 없는 사람은 아니니까, 후후."

자르카 대공이 고개를 끄덕이며 손짓을 하자, 기사들이 위벨 황제의 포박과 수갑 등을 풀었다.

콰콰콰!

"크윽!"

"큭!"

스릉!

포박을 풀자마자 거친 기세가 줄기차게 쏟아져 나왔다. 사람들은 그 흉포한 기세에 질려 얼굴이 허옇게 떠버렸다.

검을 장비하고 있던 이들은 검을 뽑아 황제에게 겨누었다.

"좋군."

씨익.

웃고 있는 위벨 황제. 무서운 기세를 두르고 있는 그는 더 이상 평범한 황제가 아니었다.

홍혈제.

그가 돌아왔다.

"기세를 거두어주시지요."

척!

아이란이 나서 검을 홍혈제의 심장을 겨누며 말했다.

"후후, 갑갑함이 풀려 기지개를 편 것뿐이라오. 왜 검들을 뽑고 있소?"

스르르.

홍혈제의 기세가 갈무리되자 아이란 역시 검을 집어넣었다.

"후우!"

막혔던 숨을 내쉬는 사람들.

"그락서스 백작."

"……?"

"지루한 협상 같은 것은 여기 있는 뛰어난 분들에게 맡겨 두고, 잠시 나와 이야기를 하지 않겠소? 말하자면 데이트 신청이지. 후후, 남자와의 데이트는 싫어하시는가?"

무슨 꿍꿍이일까?

아이란이 고민하자 아르낙스가 의견을 보탠다.

"가보도록 해. 그라나니아 측을 대표하는 이는 나로도 충분하다."

그의 말이 맞다.

그라나니아를 대변할 이는 아르낙스만으로도 충분. 그가 아이란에게 해를 줄 일도 없다.

휘적휘적.

아이란의 대답도 듣지 않은 채 홍혈제가 막사를 나선다.

척!

황제를 제지하려던 병력을 아이란이 막아섰다.

"후, 단둘이 이야기하기 좋은 곳이 있을까?"

아이란이 말없이 앞장선다.

그와 홍혈제.

둘이 향한 곳은 언젠가 아이란이 섰던 언덕이다.

"좋군."

"마음에 드시니 다행이로군요."

둘은 말없이 바람을 맞았다. 매서운 강풍이 몸을 때렸다.

"아우구스투스. 그와의 연결이 더 이상 느껴지지 않는군."

아우구스투스. 홍혈제와 계약한 신족. 그는 아이란과 로물루스에 의해 모래가 되어 사라졌다.

"그 이야기를 하려고 부르신 겁니까?"

"아니, 그냥 푸념이오. 본론은 따로 있지. 그락서스 백작. 그대는 이 세상에 대해 얼마나 알고 있소?"

"…어떠한 의도로 말씀하시는 것인지 모르겠습니다."

"말 그대로. 그대는 이 세상에 대해 얼마나 알고 있소?"

"흐음… 다른 이들이 알고 있는 만큼은 알고 있을 것 같습니다."

"후후, 그대는 이 세상에 이 발라티아 대륙만이 존재한다고 믿소?"

"알피나 섬도 있습니다만?"

"…그래, 그대는 이 세상에 발라티아와 알피나만이 존재한다고 믿소? 혹시 생각해 본 적이 없소? 저 바다 건너, 또 하나의 땅이 있을지."

"글쎄요……."

"나는 항상 그런 생각을 했다오. 그대와 나, 우리의 전생. 무 대륙, 중원이라 불리우는 그 땅은 어디에 있을까? 이 세상과 같은 세상일까? 혹은 다른 세상일까?"

"……"

홍혈제.

그는 어떠한 이야기를 하려는 것인가.

"그렇기에 나는 그것을 알아보기 위해 수많은 시도를 했지. 나는 젊었을 때부터 탐험가들을 지원했다오. 저 망망대해, 아무것도 없는 바다를 항해하겠다는 이들. 모두가 그들을 비웃고, 그들을 지원하는 나를 비웃었지만, 나는 끝까지 그들을 지원했소. 그렇게 몇 십 년."

홍혈제. 그가 몸을 돌려 아이란과 눈을 마주친다.

"최근에야 드디어 성과를 냈다오."

"하면……."

"망망대해 너머에서 새로운 대륙을 발견했지."

"……"

"물론, 우리에겐 새롭다기보단 더없이 익숙한 곳일지도."

"……!"

홍혈제.

그의 말은 단 하나를 의미한다.

"무."

"그렇지, 무. 더없이 익숙한 우리의 고향과 같은 곳."

"…고향이라."

전생자인 홍혈제.

그는 고향과 같이 여겨질지도 모르겠다. 그러나 아이란은
아니었다.

그의 영혼의 아주 조그마한 구석이 꿈틀거리며 반응하지
만……

'불길하군.'

불길함이 느껴진다. 어쨌든 지금은 홍혈제의 이야기에 주
의를 기울어야 할 때.

"탐험대는 무 대륙을 발견했고, 또 그에 대한 정보를 보내
왔소."

이제 집중하여야 한다. 과연 무 대륙의 상황은 어떠할까?

"진자겸."

"……!"

아이란. 그의 육신뿐 아니라 영혼까지 깜짝 놀랐다.

진자겸.

그의 이름이 나왔다.

"그자가 신마성이라는 단체를 이끌며 무림을 통일하기 직
전이라고 하더군."

"……."

"이화련의 련주라는 무극천이 최후의 저항을 하고 있으나 곧 꺾일 것이고, 진자겸이 무림을 일통할 것이 틀림없다고 정보를 보내왔소."

"……."

더없이 놀란 아이란은 아무런 말도 할 수 없었다.

대체 이 상황을 어떻게 표현해야 할까?

진자겸.

그의 이름을 듣자마자 아이란은 정신을 차릴 수가 없었다.

"많이 놀랐나 보군. 혹 아는 자인지?"

아이란이 살짝 고개를 끄덕였다.

"호오! 대체 어떤 자인지 묻고 싶으나 우선 내 이야기를 마저 하는 것이 좋겠군."

"예, 계속 들려주십쇼."

홍혈제, 그의 이야기가 계속된다.

"탐험대는 무림의 이야기와 함께 또 하나의 소식을 더 전해왔소. 진자겸 그가 무림을 통일한다면 그 힘을 외부로 뻗을 것이라는군. 반대하는 이는 전부 치워 버리면서 말이야."

"외부라면……?"

아이란이 추측할 수 있는 곳은 단 하나. 그것에 대한 추측이 틀리지 않는지 홍혈제가 무겁게 고개를 끄덕인다.

"바로 이곳, 발라티아."

"아아……!"

오랫동안 고민해 왔다.

자신의 존재에 대해, 또 진자겸에 대해.

진자겸.

과연 그는 자신의 전생의 모습일까?

혹은 아이란은 그저 우연히 진자겸의 전생의 기억을 가진 것에 불과한 것인가?

지금 답이 내려졌다.

진자겸은 살아 있다.

무 대륙에서 멀쩡히 활동하고 있다.

그렇다면 답은 하나.

아이란은 모종의 이유로 진자겸의 일부 기억을 가진 것에 불과하다.

그것은 어떠한 이유일까?

우연한 사고일까? 아니면 누군가의 의도적인 계획?

'만일 진자겸 스스로 내게 기억을 심어준 것이라면.'

대체 어떠한 목적일까?

'혹, 진자겸이 나를 통해 이곳을 파악하려는 것이면…….'

무서운 생각이다. 사실일 리가 없다.

게다가 어떠한 인간이 수없이 떨어진 이곳과 그러한 짓이 가능하겠는가?

그것이 가능한 경지면 이미 인간이 아니라 신.

신이라 불리 우는 존재.

'마신(魔神)……'

불현 듯. 진자겸의 이명이 떠올랐다.

마제를 넘어선 마신.

덜덜.

몸이 떨려온다.

"나는 그것을 막기 위해 대륙의 힘을 하나로 합치려 생각하였소. 그러나 나를 향한 대륙의 시선은 곱지 않지. 그렇기에 차라리 강제로라도 대륙을 하나로 합치려 했던 것. 뭐, 이제 그 시도는 실패로 돌아갔지만, 후회는 하지 않소."

씁쓸히 말하는 홍혈제. 그러나 아이란은 그의 말이 귀에 들어오지 않는다.

"음? 그락서스 백작? 왜 그러시오?"

홍혈제가 의아한 듯 물었지만, 아이란의 떨림을 멈출 순 없었다.

"백작? 무슨 일이 있소?"

묻는 홍혈제의 음성에 걱정이 묻어나온다.

그 정도로 아이란의 상태는 심각했다.

얼굴은 허옇게 질린 채 전신은 부들부들 떨리고 있다.

얼굴을 비롯해 전신에서 땀이 비 오듯 쏟아져 옷이 젖을 정도.

"후우!"

그러나 아이란 그의 정신은 그리 약하지 않다. 그는 곧 정신을 갈무리하여 진정시킬 수 있었다.

혈색이 정상으로 돌아오고, 가빠졌던 숨이 고르게 안정되었다.

"백작, 그대는 무엇인가를 알고 있군."

아이란.

그는 고개를 끄덕였다.

CHAPTER
5

사람들 사이의 의견 차이나 이해관계를 둘러싼 다툼을 해결하는 과정.

―정치(政治)

스아아아.

언덕 위. 두 사람이 서 있으나 고요함만이 감돌고 있다.

"본인이 할 말은 모두 말했소."

홍혈제. 그의 말로 침묵이 깨어졌다.

"그러니 백작, 이젠 그대의 차례요. 알고 있는 것이 있다
면……."

아이란.

그가 홍혈제의 두 눈을 바라보며 문득 생각한다.

'홍혈제의 말이 진실일까?'

아이란을 혼란시키기 위한 거짓일 수 있다.

몇몇 부분은 진실이겠지. 그러나 진실에 거짓을 섞는 수법이 없는 것이 아니다.

과연 홍혈제, 그는 아이란에게 진실을 말해준 것일까.

그것을 알기 위해 아이란은 그의 눈을 빤히 바라본다.

홍혈제 역시 아이란에게서 어떠한 낌새를 눈치챈 것인지 아이란의 눈을 피하지 않는다.

두 사람은 잠시 동안 서로를 빤히 쳐다보았다.

'믿어야 하나?'

믿어도 그만, 믿지 않아도 그만이긴 하나 만에 하나라는 것이 있는 법.

홍혈제가 진실을 말했을 가능성이 존재한다.

"진자겸."

그의 말을 끊고, 아이란이 발언한다.

"나는 그의 기억 일부를 가지고 있습니다."

"기억의 일부라… 혹, 어떻게 가지게 되었는지 알 수 있겠소?"

절레절레.

고개를 저으며 아이란이 말을 잇는다.

"자세한 것은 모릅니다. 어느 날 갑자기 그의 기억을 가지게 되었고 활용할 수 있게 된 것일 뿐."

"그렇군…… 그렇다면 그대는 그에 대해 어떠한 기억을 가지고 있소? 그 기억에 따라 그에 대해 대응할 수 있겠지."

"그것은 극히 제약되겠군요. 제가 가지고 있는 진자겸에 대한 기억은 그가 사용하는 무공 정도입니다. 다른 것은……."

"거의 없소?"

끄덕.

"아쉽군."

홍혈제. 그는 기억이 없다는 것에 진심으로 아쉬워했다.

"적을 알고 나를 안다면 백 번을 싸워도 이길 수 있다고 하였지. 그러나 적에 대해 파악한 것이 없으니… 만일 무를 일통한 진자겸이 이 발라티아로 진출한다면 힘겨운 싸움이 될 것이오."

조각조각 나누어진 발라티아, 반면 단일의 무 대륙. 크고 작은 여럿보다 거대한 하나가 강력할 것이 틀림없다.

그 거대한 하나가 들이닥치는 상상을 해보면 아찔하다.

"대륙을 피로 물들인 이 몸이 할 말은 아니나, 내가 흘린 피의 몇 배를 흘리게 될지도 모르지."

그의 말대로 몇 배의 피가 흐르게 될지 모른다.

아이란이 생각할 수 있는 것은 단 하나.

'이제껏 흘렸던 그 어떠한 때보다 많은 피가 흐르게 될지

도…….'

느낌이 좋지 않다.

"후후. 그래도 속이 시원하군. 그동안 털어놓을 상대가 없어 답답했는데 말이야. 그때, 백작의 성에서 백작을 처음 만났을 때, 그때 백작에게 털어놓고 협력을 구하면 어떨까 생각했지."

"그게 더 나았을 겁니다."

"그래, 나 역시 그렇게 생각한다오. 내가 어리석었지. 나의 오만이었어. 역사에 대륙의 피바람을 불러일으킨 어리석은 황제로 기록되더라도, 그 방법만이 발라티아를 구할 수 있다고 생각했거든. 지금 이 상황에서 본다면 정말 어리석었지. 어찌 되었든 나는 패배했고, 이제 협력을 구해야 할 처지. 도와주시오, 백작. 이 대륙을 구해야 하는 길이오."

홍혈제, 아니, 위벨 황제.

그의 간절한 두 눈을 바라본다.

"그러한 분이 연합군 내에 분란과 이간을 조장하십니까."

"하하, 그것은 미안하게 생각하고 있소. 자르카 대공. 그 친구는 놀리는 맛이 있거든."

아이란의 미간이 찌그러지자 위벨 황제가 말을 덧붙인다.

"사실 그때까지만 하더라도 이러한 마음이 아니었다오. 오직 나만이 그 일을 할 수 있다고, 내가 전생의 기억을 가진 것은, 선택받은 것은 그 이유 때문이라고 생각했었지."

"……."

"신의 날개라는 조직을 구성한 것도, 날개라는 이름의 지휘관과 깃털이라는 병사들을 조직한 것도 그 때문이오. 각 나라에 날개를 배치하여, 그들로 인해 나라를 쥘 수 있는 권력자의 자리에 올려주었지. 물론 그 과정에서 불협화음이 생기지 않은 것은 아니오. 여러 부작용이 생겼지. 그러나 그것은 어쩔 수 없는 희생이라 생각했소."

"……."

아이란의 기억 속에 이제껏 겪었던 일들이 스쳐 지나간다.

과거라면 과거. 그러나 신의 날개로 인해 어떠한 고통을 겪어야 했던가.

그 참담함을 지금 이 남자는 그저 담담히 이야기하고 있었다.

쫘악.

아이란의 주먹이 쥐어진다. 그 모습을 바라보며 위벨 황제는 이야기를 계속한다.

"그러나 이 언덕에 올라 백작과 이야기를 하며 마음을 고쳐먹었소. 후후."

"황제께서 어떠한 인물인지 도저히 판단이 서질 않는군요."

아이란의 심경이 그대로 흘러나온 한마디였다.

"하하."

"모르겠습니다. 황제께서 대체 어떠한 인물인지 도저히 모르겠습니다. 차라리 이야기 속이라면, 흔히 볼 수 있는 나쁜 사람인 줄 알았지만 사실은 착한 사람이었다가 될 수도 있겠지요."

"후후, 내가 착한 사람인 것처럼 느껴지오?"

당연, 아이란은 고개를 저었다.

"그럼 나쁜 사람인가?"

끄덕끄덕.

그 반응에 홍혈제는 씨익 미소를 짓는다.

"하긴, 나쁜 사람이 맞지. 어쨌거나 백작, 백작의 판단에 따라 달렸소. 그대에 의해 이 대륙의 운명이 결정될 것이오."

"저는 아직 당신을 용서치 않았습니다. 당신을 신용할 수도 없습니다. 그대의 말을 믿어달라기엔, 그대의 과오가 너무도 크나큽니다."

"이미 알고 있을 터인데? 함께 진자겸을 막읍시다."

척.

위벨 황제가 손을 내밀었다. 아이란은 그 손을 말없이 바라본다.

결코 예쁘다고는 할 수 없는 투박한 손.

아집과 오만 등, 수많은 감정에 휩싸여 있던 손이다.

탓!

아이란은 그 손을 떨쳐냈다.

"당신에 의해 수많은 피가 흘렀습니다. 죄 없는 생명이 전장에서 수없이 한줌의 핏물로 산화했습니다. 그런데 이제 와서 하하호호, 공동의 적을 위해 협력해야 한다? 저는 성인이 아닙니다. 이성으론 당신에게 협력할 수도 있겠지요. 그러나 가슴속에 자리한 이 감정은 당신에게 핏값을 받으라 합니다."

꽉!

아이란이 주먹을 쥐었다.

아주 강하게, 황제의 손이 부수어져 버릴 만큼 강하게.

"고맙소."

위벨 황제.

그가 미소를 지었다.

"무엇이 고맙다는 것이지요?"

"그대는 결국 협력을 하게 되어 있거든."

"개새끼."

아이란.

그가 처음으로 진심을 담은 욕설을 내뱉었다. 복잡한 그의 심경.

"당신은 진짜 나쁜 새끼야. 이 개 같은 새끼. 씨발 새끼."

한 번 감정이 열리니 그대로 봇물과 같이 터져 나온다.

그 모습을 위벨 황제는 말없이 바라본다.

잠시 후.

아이란이 감정을 진정시켰다.

"후욱, 후욱."

"마지막으로 할 말이 있소?"

아이란 그가 혐오의 눈빛으로 바라본다.

"나는 당신을 절대 용서하지 않을 것입니다. 반드시 당신의 죄과를 물을 것입니다."

"후후, 기대하겠소."

먼저 언덕을 내려가는 위벨 황제. 그것을 지켜보는 아이란.

"모두들, 미안하다."

아이란, 그가 마지막에 보였던 혐오의 눈빛.

그것은 위벨 황제만을 향한 것이 아니다.

그 자신.

아이란 그락서스라는 그 자신을 바라보는 눈빛이었다.

*   *   *

드륵.

막사의 문을 열고 귀환하는 둘.

당연 시선이 집중된다.

아이란과 위벨 황제, 둘은 아무런 일도 없었다는 듯 각자의 자리로 돌아갔다.

협상은 아직 한창 진행 중이었다.

자르카 대공을 비롯하여 연합 측 인물들과 사신단장인 제국의 공작.

서로의 이득은 최대, 실은 최소로 하기 위한 설전.

앞으로의 대륙을 이끌어갈 자리였다. 그러나 모두가 그 자리에 열중하는 것은 아니다.

열심히 참여는 하지만 중간중간 딴짓을 하는 이들 역시 존재했다.

여기 그들 중 하나가 아이란의 옆에 있다.

"황제랑 어떠한 이야기를 했어?"

설전에 열중하는 이들을 의식해 소곤소곤 아이란에게 물어오는 인물. 그러한 이는 아이란의 주변에 단 한 명밖에 없었다.

아르낙스. 바로 그이다.

"그저 그런 이야기를 했습니다."

"그저 그런? 대체 어떠한 것이 그저 그런 이야기인데?"

"그저 그런 것이 그저 그런 것이지요."

아이란의 말에 아르낙스는 잠시 꿀 먹은 벙어리가 되었다.

"와, 치사하다. 아이란, 너를 그렇게 안 봤는데 말이야."

"모르셨습니까? 저 원래 치사한 놈입니다."

"……"

"모르셨다면 이번 기회에 잘 아셨으니 잘되었습니다."

"…정말 이럴 거야?"

꾸욱.

아르낙스가 그의 팔을 꼬집었다. 그러나 아직 성치 않은 몸이기에 전혀 힘이 들어가지 않았다.

그 점이 가슴 아픈 아이란이다.

"나중에……"

"음?"

"제가 형님의 막사로 가겠습니다. 그때 털어놓겠습니다."

툭툭!

아르낙스가 아이란의 가슴을 쳤다.

"짜식, 진작 그래야지."

만족하는 아르낙스의 음성. 그것을 마지막으로 둘은 협상에 집중했다.

"공작, 앞서 말했다시피 본인은 맥나타니아뿐 아니라 엘브니움과 남부 왕국 동맹, 그리고 도시 국가 연맹과 노딕 공화국 역시 대표하는 몸이오. 앞서 마법을 통한 교신으로 공작에게 각 국의 대표들이 대리인으로 본인을 선정하는 것 역시 확인시켜 주었고."

"예. 확실히 보았습니다, 대공."

"그렇기에 본인은 현재 각 국을 대표하오. 지금 본인의 말한마디면, 현재 휴전 중인 전선의 각 국이 제국을 향해 다시칼을 빼 들 수 있단 말이오."

"…그렇지요."

"계속 그런 식으로 나오면 재미없소. 이것은 협박이오."

자르카 대공의 엄포에 칼라인 측 공작이 움찔했다.

"이거 재밌는데."

"뭐가 어떻게 돌아가고 있는 것이지요?"

아르낙스의 반응에 아이란이 묻는다.

위벨 황제와 대화를 위해 막사에 나가 있던 터라 아이란은현재 상황을 전혀 몰랐다. 그저 연합의 요구사항을 제국 측이받아들일 수 없다고 말했음을 추측할 뿐이다.

"아아, 이거? 한 가지 조건 때문이야."

"조건? 배상금 문제입니까?"

"배상금은 대륙 최고의 부자 나라인 제국답게 무난하게 넘어갔는데, 그 다음 조건 때문이야. 십 년 불가침에 더해 제국측의 병력 감축을 들었거든."

병력 감축.

조금 전 황제와의 이야기가 스친다.

황제. 그는 이 대륙을 지키기 위해 무 대륙 진자겸과의 전쟁을 준비하고 있었다. 그런 그의 입장에서 병력 감축은 쉽사리 받아들일 수 없는 사항일 터.

황제 쪽을 바라보니 그도 제국 측 인물을 통해 상황을 보고받는 듯하였다.

고개를 끄덕이며 이야기를 듣는 황제. 보고를 마치자 위벨 황제가 몸을 일으켰다.

모두의 시선이 그에게 집중된다.

"대공."

"말씀하시오."

"듣자 하니, 제국의 병력을 감축시키는 것을 원한다고."

"맞소."

자르카 대공이 고개를 끄덕이며 말을 잇는다.

"제국 측이 십 년의 불가침을 받아들인다 하여도, 그것을 정직하게 지킬 것 같지 않소. 몇 년을 갈 것도 없이 바로 내년, 조약을 깨고 전쟁을 일으킬지도 모르지. 그것을 위해 본인은 연합을 대표하여 제국 측의 병력 감축을 요구하는 바이오."

과연.

위벨 황제는 어떻게 나올 것인가?

'진자겸의 이야기를 들어 설득할 것인가?'

아니, 그것은 실패의 가능성이 매우 높다.

다른 대륙? 그곳으로부터의 침략?

대공과 다른 이들이 듣기엔 이 무슨 뚱딴지 같은 소리일까. 제국 측이 병력을 감축하기 싫어 헛것을 말한다고 생각할 것이 틀림없다.

'그렇다면 황제는 어떻게 나올 것인가?'

다른 이유를 들어 설명할 것인가?

'최악의 경우는 파토… 겠지.'

이 회의가 그대로 끝날 수도 있다.

"그렇게는 못하겠는걸."

"…수락해야 할 것이오. 대륙의 평화뿐 아니라, 그대의 안전을 위해서라도."

"포로에게 위해를 가하는 것은 어느 나라의 법으로나 금지된 사항 아닌가?"

"특수한 경우 예외를 둘 수 있지."

'정확히 맞췄군.'

아이란의 최악의 예상이 적중했다.

순식간에 막사의 분위기는 급랭. 물을 가져다 두면 순식간에 얼어버릴 것 같은 분위기다.

이러한 분위기 속에서 일이 진행될 리가 없었다.

누구 하나 나서서 이 분위기를 반전시켜야 한다.

그러나……

'인물이 보이지 않는군.'

나서려는 이가 단 하나도 보이지 않는다. 옆의 아르낙스와 눈을 마주치자 딴청을 부리며 시선을 피한다.

'하아……'

한숨이 나온다.

결국 자신이 나설 수밖에 없을 것 같다.

'생각해 둔 것이 없는 것은 아니지만……'

지금 상황에 대해 듣자 떠오른 생각이 하나 있다. 그러나 그것이 통할지는 모르겠다.

'그래도 뭐라도 하나 하는 것이 좋겠지.'

짝!

아이란의 박수, 모두가 그를 주목한다.

"제가 의견을 하나 내어도 되겠습니까?"

위벨 황제와 자르카 대공 둘 모두 고개를 끄덕였다.

"좋은 의견은 언제나 환영하는 법이지."

"말해보시오, 그락서스 백작."

자리에서 일어선 아이란이 위벨 황제와 자르카 대공과 눈을 마주쳤다. 그리고 주위를 둘러보며 막사 안의 사람들과 시선을 교환했다.

"제 생각엔 제국 측에서 어느 정도의 병력 감축을 수용하는 것이 좋을 것 같습니다."

"허허, 역시 백작."

"백작……."

아이란의 발언에 자르카 대공은 만족, 위벨 황제는 불만족. 그러나 아직 그의 말은 끝나지 않았다.

"대신, 그것에 더해 한 가지 제안을 하겠습니다."

"제안?"

"말해보시오."

"국제 동맹."

"국제 동맹?"

"예, 국제 동맹. 저는 국제 동맹의 창설을 건의합니다."

아이란의 발언에 막사 안이 고요하다.

잠시 후, 자르카 대공이 아이란에게 물었다.

"국제 동맹이라… 그것이 무엇을 뜻하는지 설명하여 줄 수 있소? 내가 이해하는 바로는 '여러 나라가 동맹을 맺는다' 인데, 바르게 이해한 것 맞소?"

"예. 바르게 이해하셨습니다, 대공. 말 그대로 여러 국가가 참여하는 동맹입니다. 참여하는 각 국가가 대륙의 향방에 대해 회의하며, 올바른 방향으로 이끌 수 있게 노력하는 기구이지요. 또한 군사력 역시 각 국가의 군사력을 공개하고 연합군을 창설. 혹시 모를 외부의 위협에 대응하는 것입니다."

"군사력의 공개. 제국을 견제할 수 있다면야……."

자르카 대공은 군사력의 공개 쪽에 관심을 가지는 편이었고.

"외부로부터의 위협, 연합군이라……."

위벨 황제는 연합군 측에 관심을 가지는 편이었다.

"그 외에도, 태풍 등의 재해에 대해 국제적으로 방책을 강구하고, 인도적인 지원을 하는 등 무수히 많은 일을 할 수 있을 것입니다."

"흐음……."

"괜찮군."

위벨 황제와 자르카 대공, 그들은 긍정적인 반응이었다. 다른 이들을 둘러보니 모두들 고심하고 있는 표정이지만 나쁘게 생각하지는 않은 것 같다.

'다행이군.'

마음속으로 안도의 한숨을 내쉬는 아이란.

툭툭.

누군가가 아이란을 쳤다. 보나마나 한 사람뿐. 바로 아르낙스.

고개를 돌리자 역시나 한쪽 눈을 찡긋하는 아르낙스를 볼 수 있었다.

"잘했어."

척!

주먹을 쥐며 엄지를 내민 아르낙스. 아이란은 최고의 칭찬을 받았다. 그러나 아이란은 전혀 기뻐할 수 없었다.

속으로 치미는 구역질을 필사적으로 억눌렀다.

"그락서스 백작의 의견은 여러 사람의 의견을 들어보아야 될 것 같군."

"나 역시 그렇게 생각하오 대공. 지금 즉시 엘브니움과 남부 왕국 동맹, 도시 국가 연맹에 연락하여 국제 동맹에 관해 전하고, 전권을 위임받은 이를 파견하여 달라 요청하는 것이 좋을 것 같군."

"그렇지 않아도 그렇게 하려고 했소."

티격태격.

끝까지 다투는 자르카 대공과 위벨 황제. 그러나 그들의 표정은 나쁘지 않았다.

"그렇다면 그때까지 회의는 미루어지겠군."

"도시 국가 연맹이 좀 걸리긴 하지만, 보름이면 각 나라의 대표가 모두 모일 수 있을 것 같소."

"좋군. 그런데 보름 동안 본인은 어디서 지내야 하오?"

지금 황제의 상태는 반쯤 풀어준 것과 마찬가지의 상태. 보름 동안 그의 거처를 어디로 두어야 할까?

제국 측? 아니면 연합군 측?

"제 생각에는 제국 측을 믿고 황제를 풀어드려도 괜찮다고 생각합니다."

"흐음. 그락서스 백작, 방금 그 말은 책임을 담고 있음을 알고 있소?"

"예."

만일 위벨 황제가 뒤통수를 칠 경우, 아이란은 이적 행위를 비롯해 갖가지 군법을 어긴 것으로 되어 최악의 경우 처형이 될 수도 있었다. 물론 아이란의 신분과 입지 등을 고려하면 처형이 될 가능성은 0%에 수렴하지만, 어찌 되었든 책임은 져야 한다.

지금 아이란은 그 책임을 기꺼이 지겠다고 말한 것이었다.

"좋소. 연합의 총사령관으로서 황제를 석방하겠소."

"오호!"

황제가 기뻐하거나 말거나, 자르카 대공의 말은 이어진다.

"단, 황제가 일을 벌일 시 그락서스 백작 그대가 그 수습을 해야 할 것이오. 설혹 목숨을 잃는다 하더라도 말이오."

"알겠습니다."

그 정도는 각오했다.

"후후, 정말 고맙네, 그락서스 백작. 그대에게 뭐라도 하나

선물을 주고 싶군. 아, 그래!"

좋은 생각이 났다는 탄성.

"나와 함께 제국 측 진지에 가보는 것이 어떤가? 황제의 거처를 구경시켜 주도록 하지. 아마 본인이 없더라도 깔끔히 청소시켜 두었을 것이야. 번쩍번쩍한 보물들은 더 번쩍번쩍하겠지. 나와 함께 가세나. 둘러보고 마음에 드는 것을 기념품 삼아 가져가도록 하게. 그대가 원한다면 내 몸과 옥새를 제외하고선 모조리 주도록 하지."

"감사하지만, 사양하겠습니다."

"허어? 하나하나가 영지를, 합하면 나라를 살 수 있을 정도의 보물인데도?"

"마음만 받도록 하겠습니다."

"허허, 아쉽구만. 보물로 백작을 꼬실 생각이었는데 말이야. 저 속 좁은 친구는 상상도 못할 만한 어마어마한⋯⋯."

"뭐요?"

위벨 황제의 도발에 자르카 대공이 넘어가고 서로를 물어뜯는다. 멱살을 잡고 달려들지 않는 것이 다행일 정도이다.

'또 시작이군.'

벌써 몇 번째인가.

한때 같은 대공이었던 인생의 라이벌들. 한 사람은 황제가 되었으나 여전히 똑같이 놀고 있다.

이젠 모두가 그러려니 체념하고 있었다. 심지어 제국 측 인물들 역시 같다.

"후우!"

한숨이 절로 내쉬어진다.

진자겸, 무 대륙 등의 일로 복잡했던 것에 얽혀 더욱 힘들다.

"……."

전체적으로 나쁘지 않은 분위기다.

냉랭함은 온데간데없이 더없이 밝은 분위기. 그러나 단 한 사람 아이란은 그 분위기에 섞일 수 없었다.

*　　　*　　　*

회의가 끝난 후.

모두 각자의 위치로 돌아갔다.

아이란과 아르낙스, 그들 역시 그들의 막사로 향한다.

"아이란."

"예, 말씀하시죠."

"어땠냐?"

"무엇을……?"

"굉장하지? 어제까지만 해도 치고 받고 싸우는 놈들이 시

시껄렁한 말장난까지 하며 친근하게 구는 것 말이야."

"……."

아이란이 걸음을 멈춰서며 아르낙스를 바라본다. 그러거
나 말거나 아르낙스는 걸음을 계속한다.

"왜 서 있어? 나 먼저 간다?"

그의 뒤통수를 바라보며 다시 걷는다. 속도는 조금 빨리,
아르낙스를 따라잡았다.

"후후, 역겹지 않아? 제국에 피의 대가를 치르게 해주겠다
느니, 황제의 목을 잘라 제국을 멸망시켜야 한다고 목에 핏대
를 세우던 이들이었잖아. 근데 오늘은 그 누구보다 제국 측
인사들과 화기해해, 친하게 지냈지. 제국 측 상황도 우리와
다르지 않을걸? 누가 보면 진짜 친구들로 알겠어."

"…형님도 그렇게 생각하셨습니까?"

"아아. 아마 나뿐 아니라 그 자리에 있던 모두가 그리 생각
했을 거야."

"……."

아르낙스의 말에 아이란은 아무런 말도 할 수 없었다.

"뭐, 어쩌겠어. 그러한 자리인 것을. 그러니 네가 좀 이해
를 해줘."

"정치… 로군요."

"그래, 어제까지의 전쟁도 정치고, 방금 전의 상황도 정치

이지. 세상 그 무엇도 정치가 아닌 것이 없다. 그동안 네가 겪었던 정치, 그것은 적어도 그라나니아 속 그라나니아의 사람이라는 공통점을 갖는 이들끼리의 우물 안 정치였지. 그러나 지금은 달라. 대륙, 세계의 정치이다. 그동안 겪었던 것과는 상대도 되지 않는 크기야. 우물 밖 세상이거든. 그렇기에 나는 조금 전 너와 같은 태도가 걱정스럽다. 그 때문에 네가 이해해 달라는 것이고."

"무엇을 말이십니까?"

"그 자리에서… 좀 거친 말로 하면, 표정이 썩어 있던 것은 너밖에 없었거든."

"……."

"앞으로도 네가 이해해야 할 일이 많을 것이야. 오늘과 같이 이제까지의 상식으로 이해되지 않는 일도 많이 일어나겠지. 그때마다 표정이 썩고, 불만이 있다고 표출할 거야?"

"그것은……."

"꼿꼿한 대나무도 좋지만, 필요할 때는 굽힐 줄도 알아야 하는 법. 나는 네가 그것을 알았으면 한다."

"꼭 그래야 합니까?"

"뭐, 중요한 것은 네 의사이지. 나는 어디까지나 조언을 주는 입장에 불과하니까 말이야. 네가 마음에 들지 않는다면 한 귀로 듣고 다른 쪽 귀로 흘리면 된다."

"그렇군요."

"정 굽히기 싫다면, 그 어떠한 사건에도 결코 부러지지 않는 대나무가 되어야겠지."

결코 부러지지 않는 대나무.

아이란의 가슴에 와 닿는 말.

"그러한 대나무가 되려면 어떻게 해야 합니까?"

"그거?"

"예."

아이란의 말에 아르낙스는 잠시 생각한다. 그리고 말을 잇는다.

"나도 몰라."

"예?"

"나도 모른다고."

"그런 것이 어딨습니까?"

아이란의 불평에 그가 웃음을 터뜨린다.

"나는 모르겠다. 그리되려고 생각해 본 적이 없어서 말이야. 그 답을 찾는 일은 네게 맡기마. 혹시라도 찾게 된다면, 내게도 가르쳐 주렴."

"⋯⋯."

"뭐, 막연히 생각해 본다면, 세상 그 무엇보다도 강해지면 적어도 쉽게 굽혀지지 않겠지."

"강해진다……."

"뭐, 그냥 내가 생각해 보는 것뿐. 결코 정답은 아니지. 너무 의식하지는 마."

"알겠습니다."

고개를 끄덕이는 아이란을 아르낙스는 흐뭇하게 바라보았다.

"으아! 말을 많이 했더니 갈비가 아프구나. 그런 김에 가서 갈비나 뜯을까?"

"아, 그러고 보니 어떻게 하루 만에 깨어나신 겁니까? 분명 형님께선……."

아르낙스.

그의 자폭을 각오한 희생으로 아이란은 홍혈제를 물리칠 수 있었다. 그 대가로 아르낙스는 사망에 준할 정도의 치명상을 입은 상태.

아무리 마지막에 아이란이 불사진기를 나누어 주었다고 한들 어떻게 벌써 깨어날 수 있었을까?

"아아, 그거? 나도 신기하게 여기고 있지. 나는 분명 죽었다고 생각했거든. 근데 살아 있네?"

"신기하군요."

"그렇지. 아마 이것 덕분인 듯싶은데."

척.

아르낙스가 품속에서 무언가를 꺼낸다.

검상이 있는 붉게 물든 손수건. 그것이 무엇인가를 감싸고 있었다.

"그 손수건은……."

"그래, 네가 준 것이지."

소설책을 보고 질질 짜던 아르낙스가 보기 싫어 아이란이 던져준 손수건이다.

"자, 이제 돌려줄게."

"됐습니다. 그것보다 손수건이 감싸고 있는 것은 뭡니까?"

"궁금해?"

"당연한 것 아닙……."

스윽.

손수건이 걷어지고 드러난 물건. 말을 하던 아이란의 입이 꽉 막혔다.

"사랑의 판타지를 작성하는 방법……."

익숙한 책이다.

분명 아이란의 측근인…….

"젤만 사노바 경의 공전절후의 역작이지, 후후."

젤만이 집필한 책이었다. 그 책의 중앙, 손수건과 같은 형태의 검상이 자리했다.

"나는 이 책을 어디나 가지고 다니거든. 네게 손수건을 받은 후 부적 삼아 감싸서 말이야. 아마 이 책 때문에 아마 네 검이 살짝 뒤틀려 내 심장을 찌르지 않은 것 같다. 후후, 그락서스 덕분에 죽을 뻔하고, 그락서스 덕분에 살았군!"

"…아깝군요."

"뭐야?"

팟!

아르낙스가 부축하는 이들을 뿌리치며 아이란에게 달려든다.

피하려 마음을 먹는다면 단숨에 피할 수 있다. 그러나 그렇게 되면 아르낙스가 바닥을 뒹구는 것은 당연지사. 그 결과, 그는 아이란의 얼굴을 겨드랑이에 껴 조인다.

"크으! 이러다 넘어집니다!"

아이란의 걱정(?)에도 조이기를 풀지 않는다. 오히려 비명을 지르는 것은 아이란이 아닌 아르낙스 그 자신임에도.

"크아아! 갈비이이!"

"그럼 놓으십쇼!"

"갈비이이이이!"

CHAPTER

6

라르―엘라수스가 누구냐고?
이런 얼빠진 사람을 보았나.
어떻게 신을 모를 수가 있어?

―발라티아의 어느 시골, 흔한 주민

보름 후.

전 대륙의 시선이 한곳에 집중되었다.

일명 '대륙 회의'라고 명명된 회의에는 대륙의 모든 국가가 대표를 파견, 회의를 진행했다.

주제는 전쟁의 종전과 함께 '국제 동맹'이라는 초거대 기구의 창설.

그러한 만큼 회의는 신중하게 진행되어, 결국 결론이 나오기까진 한 달이라는 시간이 걸렸다.

그 긴 시간 동안 입안자였던 아이란이 바쁘게 돌아다닌 것은 말할 필요가 없다.

그렇게 힘쓴 보람은 있어서, 그락서스의 백작이라는 아이란의 이름을 대륙 방방곡곡 널리 알리는 계기가 되었다.

그리고 오늘.

그 성과가 세상에 공개되는 날로, 아이란은 그 장소인 맥나타니아 왕국의 수도에 와 있었다.

바로 맥나타니아 왕국에서 국제 동맹의 선포와 함께 국제 동맹의 총본부가 이곳에 자리 잡기 때문. 덕분에 아이란이 이곳에 온 것이다.

"후우."

"왜? 긴장되냐?"

"당연한 것 아닙니까?"

"하하, 그락서스 백작의 말이 맞소. 이 몸도 긴장되는 판인데, 이 국제 동맹을 만들어낸 것과 다름없는 그락서스 백작은 어떨할까."

"과찬이십니다, 전하."

"그의 말이 맞습니다, 전하. 과찬 또 과찬이십니다. 그러한 과찬은 저 녀석의 버릇을 망칠 뿐입니다. 그렇지 않아도 나쁜 녀석인데… 크악!"

험담을 하는 아르낙스의 가슴을 아이란이 살며시 찌른다. 비명과 함께 아르낙스가 바닥을 뒹군다.

그 모습을 흐뭇하게 바라보는 전하라 불린 인물.

대륙의 많은 전하 중에서 아이란과 아르낙스가 이러한 모습을 보일 수 있는 전하는 한 명뿐.

그라나니아의 왕, 데이비드.

왕자 시절 킹스로드에서 생사를 같이한 전우.

그 역시 국제 동맹의 창건식에 참여하기 위해 맥나타니아에 왔다.

"그런데 전하께서 자리를 비워두셔도 괜찮으신 겁니까? 아직 북방의 대공과 후작이 자리 잡고 있지 않습니까."

"후후, 믿음직한 이에게 맡기고 왔다오."

"믿음직한 이?"

"그렇소, 아주 믿음직한 이지."

데이비드 왕이 말하는 믿음직한 이. 그가 누굴지 아이란은 생각해 본다. 그런데 아르낙스의 반응이 요상하다.

살짝 붉어진 얼굴. 마치 부끄러움을 타는 듯한 모양새이다.

'설마?'

그 모습에 아이란의 머릿속에서도 한 사람의 모습이 떠오른다.

길고 탐스러운 금빛 머리카락을 소유한 아름다운 여인.

"세실 공주?"

"하하, 바로 알아차리시는군. 맞소, 바로 그녀이지."

아르낙스가 저리 부끄러워하는 이유를 알았다. 그에게 듣기로 공주와 혼담이 오고 간다고 했으니까.

'조만간 세실 공주를 공작 부인이라 칭하게 될지도 모르겠군.'

아마 그날은 멀지 않을 것이다.

세실 공주를 생각하니 떠오르는 인물이 한 명 더 있다.

세실 공주가 황금과 같다면 진은과 같이 반짝이는 그녀.

'엘리자베스.'

너무나도 아름다운 그녀.

그녀의 웃는 모습이 보고 싶다. 눈을 감으면 지금도 그녀의 모습이 선하지만, 실제로 보아야 의미가 있는 법. 그러나……

"어쭈, 여자 생각 하냐?"

와장창.

환상이 순식간에 깨어졌다.

아이란이 원흉을 노려보았다.

"정말이었나 보네?"

히죽 웃는 아르낙스. 그의 뺨을 한 대 칠 기세로 아이란의 손이 올라간다.

"때릴 거야?"

부들부들.

"때릴 거야?"

고개를 갸웃거리며 묻는 아르낙스.

"하지 마십쇼. 역겹습니다."

여자라면 모를까, 남성의 육체는 역겨웠다.

"…나쁜 놈."

혀를 삐쭉 내밀며 메롱. 아이란뿐 아니라 데이비드의 미간 역시 사정없이 찌그러진다.

"나가서 죽으십쇼."

"백작의 의견에 동감이오."

"흐흑!"

둘의 반응에 상처를 받은 척, 뒤돌아서며 우는소리를 내는 아르낙스.

퍽!

누군가 던진 책이 아르낙스의 뒤통수에 명중했다. 그는 그 대로 바닥에 코를 박으며 쓰러졌다.

그 모습을 보며 둘은 한숨을 내쉰 뒤 자신들끼리 이야기를 시작한다.

"그런데 백작, 그것이 정말 사실이오? 저 바다 너머 또 다른 땅이 있다니……."

무 대륙.

아이란은 황제로부터 얻은 정보를 그라나니아 최고위층에

전달했다. 그렇기에 데이비드는 무 대륙에 대해 알 수 있었다.

"예, 틀림없는 사실입니다. 말씀드렸다시피 제국의 황제가 직접 자신의 입으로 직접 말한 정보입니다."

정보의 출처가 황제라는 말에 수긍하는 데이비드.

"허허, 그런데 황제는 왜 그대에게 그런 이야기를 해준 것인지?"

"그것은 저도 모르겠군요."

아이란이 공개한 정보는 딱 여기까지. 전생자라든지, 기억을 가지고 있다든지 등의 이야기는 하지 않았다.

말해서 좋을 것도 없거니와, 어떠한 변수가 발생할지 모른다는 이유에서였다.

"후우, 그 땅에서 이 땅을 침략하러 올지 모른다니. 생각만으로도 끔찍하군."

"그렇기에 국제 동맹을 창설하려는 것입니다."

"그러나 피를 흘린다는 것에는 변함없지 않소."

데이비드의 말.

아이란의 눈빛이 더없이 쓸쓸하게 물든다. 그리곤 처절함을 씹듯이 내뱉는다.

"피해를 최소로 하기 위해선 이것이 최선이니까요."

"그렇지. 이 방법이 최선이지. 하아, 상황이 상황인지라 푸

념을 한번 해보았소. 너무 담아두지 마시구려, 그락서스 백
작."

"예."

"후후, 벌써 시간이 이렇게 되었군. 자, 행사장으로 가십시
다."

"예, 가시죠."

아이란과 아르낙스. 그들이 방을 나섰다.

"……."

혼자 남은 아르낙스.

"나도 같이 가!"

황급히 일어서며 둘을 따른다.

*   *   *

발라티아인들이 국제 동맹의 창설을 선포하는 그 시각.

저 바다, 망망대해를 건너 존재하는 대륙, 무에서도 심상치
않은 일이 벌어지고 있었다.

하늘을 찌를 듯 높게 솟아오른 전각. 정상의 층에서 아래를
내려다본다면 사람이 주먹만 한 크기로 보일 정도이다.

그리고 지금.

그 주먹이 세상을 뒤덮고 있었다.

"좋군."

아래를 내려다보는 남자, 진자겸.

늙은 노인의 외양이 아닌 한창때의 젊은 모습을 가졌다.

그가 만족을 표했다.

사나운 짙은 눈썹 아래 반짝이는 눈동자엔 밖의 광경이 담겨 있었다.

현재 그의 아래, 전각 밑은 셀 수도 없을 정도의 많은 사람으로 뒤덮여 땅이 보이지 않을 정도였다. 족히 십만 이상의 인파이다.

그들 모두가 전각의 진자겸을 바라보고 있었다.

"자랑스런 나의 병사들."

사람 하나하나가 전부 병사였다.

그것도 보통의 민초로 구성된 일반병이 아닌, 무공을 익힌 무병들이다.

무병 하나는 일반 병사 셋을 무난히 상대하며, 다섯까지 감당할 수 있다. 그것을 볼 때 이 십만의 병사는 족히 오십만의 힘을 낼 수 있었다.

이제 곧 저 병사들은 바다를 건너고, 새로운 대지에 발을 내디딜 것이다. 그리곤 간악한 죄인들을 향해 철퇴를 내릴 것이다.

그 선봉엔 진자겸 자신이 있을 것이다.

"라르—엘라수스시여, 그대가 파멸시킨 내가, 그대의 자식들, 왕에 반역한 죄인들을 향해 파멸의 철퇴를 내리겠소."

라르—엘라수스.

발라티아 대륙을 창조했다고 전해지는 태초의 창조신.

대륙을 열었다는 섬김을 받았던 잊힌 고대의 신이었다.

그 신이 진자겸 자신을 파멸시켰다니?

진자겸은 발라티아가 아닌 무의 사람이 아닌가. 게다가 반역한 죄인들이라니?

대체 무슨 소리인가.

"후후, 듣고 있소? 라르—엘라수스여. 아이란 그 아이를 통해 보니 그대는 아직도 나의 후손들을 핍박하고 있더군. 알비니언이라. 여의 이름을 딴 형벌의 낙인. 참으로 오랜 시간, 수천 년 가까이 흘렀음에도 그대의 좁은 속은 풀리지 않는구려."

알비니언.

그것은 라르—엘라수스의 저주를 받은 자들을 뜻하는 말로서, 라르—엘라수스를 거역한 고대의 어느 왕의 이름을 딴 말이다. 그런데 그 이름이 자신의 이름이라니?

설마 진자겸이 바로 고대의 왕이란 것인가.

"그렇기에 나는 준비했소. 그대가 그리 지키려 했던 발라티아, 여의 힘으로 철저히 파괴시켜 드리리라. 후후, 잘 보도록 하시오. 너무나도 뛰어났기에 오히려 무력한 초월자여."

획.

그 말과 함께 진자겸이 한 손을 들어 올렸다.

와아아아아!!

와아아아아아아아!!

우레와 같은 함성이 터져 나와 하늘과 대지를 울린다.

"보이시오? 이 천지를 울리는 함성이? 후후, 그대는 절대 여를, 나를 막을 수 없어. 그대는 나를 봉인한 것이 아니라, 소멸시켜야 했었다."

그 순간.

우르르룽!

하늘에서 거대한 낙뢰 한 줄기가 그대로 전각으로, 진자겸에게 떨어졌다.

모두가 놀라 함성이 멈추고 숨죽였다.

조금 전까지만 하여도 자신감 넘치던 눈들이 흔들린다. 그러나 그들의 눈동자에 비춰지는 존재.

우와아아아아!!

와아아아아아아아아!!

번개를 맞았음에도 진자겸, 그는 멀쩡했다.

털끝 하나, 옷조차 상하게 하지 못했다.

자연조차 어쩌지 못하는 철혈의 존재.

신.

마신! 마신! 마신!

마신! 마신! 마신! 마신!

진자겸의 별호가 울려 퍼진다.

그 함성을 들으며 진자겸은 미소를 짓는다.

"그대는 이미 늦었어. 라르-엘라수스, 그대는 절대 여를 막을 수 없다."

그것은 선고.

진자겸이 원하는 대로, 모든 것이 이루어질 것이라는 선고 였다.

*   *   *

무 대륙 최대의 항구.

평소 무 대륙 각지로 떠나고 들어오는 함선들과 그로 인한 활기로 가득 찬 곳이었으나, 평소와는 분위기가 다르다.

무 대륙이 내전의 열기 속에서도 끊이질 않던 상선들이 단 한 척도 보이지 않았다.

빈틈없이 배들이 차 있으나 모두 무장한 군선. 수십, 수백 척. 두 눈에 들어오지도 않을 광경.

만일 적이라면 보는 것만으로도 공포에 질려 항복할 만한 숫자이다. 그리고 지금, 그 군선들에 병사들이 승선하고 있었다.

십만의 군사가 승선하고, 출발하는 데만도 일주일이 걸렸다.

망망대해를 가르는 대선단.

그 선두.

다른 군선들보다 배는 더 큰 대장선에서 진자겸이 바다를 바라보고 있었다.

고요.

오직 그 홀로 존재하는 듯 고요하기 그지없다. 갑판 위 선원들이 분주히 움직이고 있으나 공간이 갈라지기라도 한 듯 아무런 소리도 들리지 않는다.

"화신인가."

—그렇다, 알비론.

화륵!

진자겸의 앞 바다에서 물기둥이 솟구치며 그대로 사람의 형체를 갖추었다.

놀라운 광경이지만 아무도 그 광경을 보지 않는다. 아니, 물기둥이 솟구친 것도 눈치채지 못한 것 같다.

오직 한 명, 진자겸 그만이 그 모습을 똑바로 쳐다보고 있었다.

"알비론이라, 오랜만에 듣는 이름이로군."

—마음에 들지 않는가? 그렇다면 진자겸이라는 지금의 이름을 불러주지.

"아아, 어느 쪽도 상관없소. 라르─엘라수스여."

—그렇다면 바로 본론으로 넘어가겠다, 알비론.

"후후."

—과거 그대는 초월을 노렸다.

"그리고 그대에게 패배했었지."

진자겸의 말에 단순히 물을 뭉쳐놓은 라르─엘라수스의 아바타가 씁쓸한 표정을 짓는 것 같다.

"뭐, 그 이야기는 넘어가고. 왜 찾아왔소?"

—굳이 이러한 일을 벌여야겠나?

"후후, 이러한 일이란 것은 무엇을 뜻하는 것이지?"

—그대가 내게 말했지 않나. 발라티아에 파멸의 철퇴를 내리겠다고 말이야.

"하하!"

진자겸이 크게 웃음을 터뜨렸다.

"그 일을 벌이겠다면, 그대는 어찌하겠소? 여를 막을 것이오?

—물론.

"하하하하! 무력한 초월자여! 겨우 아바타 따위로 나를 막겠다는 것인가!

　―…….

　"그대는 나를 막을 수 없다. 이 우라시아를 떠난 그대의 한계. 혹 본체를 가져올 것인가? 소멸을 각오하고?

　―각오하고 있다.

　콰아아아앙!

　라르―엘라수스의 아바타가 갑자기 터져 버렸다.

　"그렇다면 직접 오라. 아바타 따위론 절대 본인을 막을 수 없다."

　갑작스럽게 터진 물보라로 깜짝 놀라는 선원들을 뒤로 한 채, 진자겸은 선실로 들어갔다.

　　　*　　　　*　　　　*

　달칵.

　방문이 열리고 두 사람이 들어왔다.

　그들 중 한 사람은 뛰다시피 침대로 직행해 그 몸을 날린다.

　"으아, 피곤하다."

　기지개를 펴는 그, 아르낙스. 함께 들어온 인물은 아이란이었다.

"고생하셨습니다."

"너도 고생했어. 얼른 누우라고. 맥나타니아는 정말 과학의 선진국이라니까. 으, 푹신하다. 침대는 과학이야, 과학."

현재 둘이 있는 곳은 맥나타니아 왕성.

맥나타니아 왕실에서 그라나니아를 위해 별궁을 내어줬기에 그들은 현재 이곳에 묶고 있었다.

배려라고도 볼 수 있지만, 타국 인물에 대한 감시의 역할도 겸하여 되도록 행동을 조심했다.

'그렇게 행동하는 것은 나… 밖에 없는 것 같지만.'

아르낙스의 저 모습. 과연 감시하는 자는 어떻게 바라볼까?

'침대 위에서 뒹굴뒹굴 거리는 공작이라. 재밌긴 하겠군.'

아이란은 그렇게 생각하며 환복한 뒤 다른 침대에 걸터앉았다.

그들은 각각의 방을 배정받았지만 안전을 비롯하여 신속한 사고 결정 등을 위해 함께 방을 사용하고 있었다.

"왕께선 무슨 이야기를 하고 계시려나."

"글쎄요. 아무래도 왕들의 모임이니 특별한 주제가 있지 않겠습니까?"

"혹시 모르지. 시시한 농담 따먹기나 하고 있을지 누가 알아?"

낮에는 함께 국제 동맹 결성식에 참여했으나 돌아온 것은 둘뿐.

결성을 선포하고 시작된 여러 행사와 연회를 마치고 돌아온 둘과 달리, 데이비드 왕은 다른 국가의 왕들과 함께했다.

"돌아오시면 물어봐야겠어."

"돌아오시면 피곤하실 터, 내일 물어보시지요."

"음… 그게 낫겠지? 위층에 올라가는 것도 귀찮고. 그래, 그게 맞겠다. 지금은 잠이나 자야지."

"씻고 주무시지요."

"귀찮아. 그럼 나 먼저 잔다. 아침에 보자, 아이란."

"하하. 예, 안녕히 주무시죠."

드르렁, 드르렁.

눈을 감자마자 코를 고는 소리가 들려온다.

'많이 피곤하셨나 보군.'

사실 그럴 만도 했다.

오늘 있었던 국제 동맹, 정확한 명칭은 '발라티아 회의'는 대륙의 모든 국가가 참여하는 행사였다.

그로 인해 각 국가의 거물급이 총집합.

그라나니아만 하더라도 데이비드 왕과 아르낙스, 아이란을 제외하더라도 무수히 많은 귀족이 참여했다. 그중에는 영지를 가진 대영주들도 존재.

다른 나라의 상황 역시 이와 다르지 않았다.

국가의 왕이 참여하는 것은 기본이고, 수십의 귀족이 뒤를 따랐다.

제국 측 참여 인원은 족히 일백 이상. 순수 귀족의 숫자로, 그들의 수행원들을 더한다면 천 단위가 넘어간다.

그야말로 발라티아 전역에서 맥나타니아 왕성이 터질 정도로 사람들이 몰렸다.

그러한 만큼 타국 인물들과의 만남은 수백 단위로 이루어져 피곤하지 않을 수가 없었다.

아르낙스는 데이비드 왕을 제외한 그라나이아의 정상답게 수많은 인물과 강제 만남을 가져야 했다.

아이란만 해도 족히 일백이 넘는 수를 만났는데, 아르낙스는 대체 얼마나 만난 것일까.

드르렁, 드르렁.

코를 고는 아르낙스를 보니 왠지 불쌍하다는 생각이 든다.

그러나 그것도 잠시.

아이란은 침대에서 일어서 창문에 걸터앉았다.

창 너머로 보이는 짙은 밤하늘.

달과 별이 반짝이며 왕성의 저녁을 밝혀준다.

"달이 밝군."

"그래, 달이 밝구나."

　　　　　*　　　*　　　*

　"……!"

　아이란이 깜짝 놀랐다.

　자신의 뒤, 누군가가 있다!

　'대체 누구지? 어떻게 접근한 것인가!'

　아르낙스, 그는 절대 아니다. 그는 지금도 코를 골며 잠에
빠져 있었다.

　그가 아닌 제3자. 그러한 자가 접근한 것을 아이란은 전혀
몰랐다.

　만일 그가 아이란을 살해할 마음을 먹었다면, 아이란은 인
식도 하지 못한 채 죽고 말았을 것. 그러지 않은 걸 보면 아군
인가?

　'아니, 그가 내게 해를 끼치지 않는다는 보장도 없다.'

　"생각이 많군."

　정곡을 찌르는 그의 말. 아이란은 말없이 그의 정체를 계속
생각한다.

　"뒤를 돌아보라. 그대와 이야기를 하고 싶다. 아이란 그락
서스."

　아이란.

그가 조심스레 몸을 돌렸다.

"……!"

아이란의 두 눈이 크게 뜨여졌다.

빛.

빛이 뭉쳐 인간의 형체를 이루고 있었다.

'오로라? 리히트? 아니, 그와 다르다. 좀 더… 좀 더 근본적인 힘이다.'

아이란이 도저히 파악할 수 없는 형체.

이자의 정체는 무엇인가.

"나를 소개하겠다, 아이란 그락서스. 나의 이름은 라르ㅡ엘라수스. 오래전 이 세계에서 신이라 불렸던 존재."

"……!"

아이란이 입을 쩍 벌렸다. 말이 나오질 않았다. 아니, 말을할 수가 없다. 충격, 또 충격.

그만큼 그는 진심으로 놀랐다.

아이란.

그는 라르ㅡ엘라수스가 누구인지 알고 있었다.

잊힌 고대의 신이라고는 하지만, 아는 사람은 전부 알고 있다.

그러한 존재라 스스로 주장하는 자라니. 그러나 그에게서느껴지는 이 막대한 존재감이 설득력에 힘을 실어준다.

"아이란 그락서스. 그대는 내가 왜 그대를 찾아왔는지 알겠는가?"

여전히 입이 떨어지지 않았다. 아이란은 겨우 고개를 저어 의사를 표현했다.

"그대는, 이 우주에 관하여 얼마나 알고 있는가?"

"……?"

라르─엘라수스.

그가 어떠한 말을 하고 있는지 아이란은 감을 잡을 수 없었다.

우주?

아이란은 잠자코 라르─엘라수스를 바라본다.

"아, 그전에."

화악.

빛이 쏘아져 아이란의 옆을 스쳤다.

곧바로 뒤를 돌아보니 빛이 아르낙스를 감싸고 있었다. 그리곤 곧바로 빛이 사라졌다.

"그는 그저 더 깊이 잠든 것뿐이다. 그럼 이야기를 시작해 볼까."

"……."

"태초, 우주란 개념도, 시간이란, 세계란 개념도 없었을 때, 모든 것이 무(無)와 같을 때, 우연이란 요소가 우연히 생겨났다. 우연에 우연이 더해지고, 우연에 의해 우주가 탄생하고, 시간이 흘렀다."

"……"

무어라 끼어들 수 없는 주제이다.

아이란은 그저 설명하는 걸 들을 수밖에 없었다.

"그렇게 탄생한 것이 바로 코스모스(Cosmos)라고 불리는 대우주이다. 코스모스라는 대우주 속에서 역시 우연의 개입으로 인해 소우주가 탄생했다."

화악.

아이란과 라르―엘라수스의 사이에 빛으로 이루어진 꽃잎이 떠올랐다.

"소우주는 모두 아홉 개. 중심인 아바이오(AvaEo). 아바이오를 중심으로 여덟의 소우주가 꽃잎과 같이 펼쳐졌다. 그중하나가 바로 이곳인 우라시아(Urasia)이다."

라르―엘라수스.

그의 말을 아이란은 이해하기 힘들었다.

"후후, 애초 이해하는 것을 바라지 않았으니. 그대가 초월에 성취하지 않는 한, 영원토록 알 수 없으리."

"초월……?"

"지극히 깨닫는 경지. 코스모스에 대해 어렴풋이 알 수 있는 차례. 그러한 초월에 올라 우주의 경계를 넘을 수 있는 자들을 초월자라고 부른다."

"혹시⋯⋯."

아이란, 그의 머릿속에 한 가지 생각이 스친다.

초월?

초월자?

높고도 높은, 까마득한, 지금 자신의 수준으론 보이지 않는 드높은 경지라는 것을 알 수 있었다.

그러한 만큼 그 능력은 이루 말할 것이 없을 터.

세상은 믿기지 않는 힘을 가진 존재를 이렇게 칭한다.

"신."

"그런 명칭으로도 칭하지. 그 믿기지 않는 힘은 신으로 칭해지기 부족함이 없고, 그렇기에 신성을 얻을 수 있다."

"⋯⋯."

"모든 신은 초월자가 아니지만, 모든 초월자는 신과 같다. 지금 이곳 발라티아를 수호하는 신들. 그들 모두는 초월자가 아니지만, 일부는 초월자이다."

아이란의 한계를 벗어나는 이야기에 머리가 지끈지끈해진다.

아이란이 지그시 눈을 감으며 이마를 눌렀다.

잠시 후, 그가 여전히 눈을 감으며 라르—엘라수스에게 물었다.

"…그러한 이야기를 내게 하는 이유가 무엇이지?"

그의 물음에 라르−엘라수스는 말없이 아이란을 지켜보았다.

"……?"

왜 대답을 하지 않는 것일까.

무언가 말하지 못할 이유라도 있는 것일까?

"왜 말을 하지 못하는 것……."

"진자겸."

"……!"

아이란의 말을 끊고 답한 라르−엘라수스.

그 답에 아이란은 진심으로 놀랐다.

CHAPTER
7

즐거우면 그만 아닌가?

—여흥을 즐기는 자

"진자겸."

"……!"

갑작스레 튀어나온 그 이름에 아이란이 또다시 놀랐다.

"그대는 그에 대하여 얼마나 알고 있지?"

"……."

아이란은 대답을 할 수 없었다.

자신은 과연 진자겸에 대하여 얼마나 알고 있을까?

'아니, 알고 있는 것이 있을까?

도저히 입이 떨어지지 않는다.

"진자겸, 아니, 알비론."

"알비론?"

아이란의 반문에 빛의 형체, 라르―엘라수스가 고개를 끄덕인다.

"그가 진자겸이라 불리기 전 가진, 본래의 이름이다."

"알비론⋯⋯."

어디선가 들어본 기억이 난다. 아이란은 머릿속을 뒤지고 또 뒤졌다. 수없이 많은 조각 중에서 알비론을 찾아야 한다.

라르―엘라수스는 말없이 아이란을 바라보며 기다려 주었다.

마침내.

"아!"

아이란이 기억해 냈다.

"알비론이라면 분명, 당신에게 대항한⋯⋯."

역사 속에 기록된 알비론은 단 한 명.

고대의 왕으로 스스로 신이 되려고 한 자.

신, 라르―엘라수스에 대항해 신에게 저주를 받은 자였다.

"그 알비론이 맞다."

"말도 안 돼! 진자겸이 알비론이라고!"

아이란이 알기로 알비론은 천 년도 전의 인물이다. 그러한 자가 진자겸이라니?

"진자겸, 일찍이 그는 고대의 국가 라살수니아의 왕으로서 나를 섬겼었다."

"라살수니아?"

역사서엔 알비론이 다스린 국가는 기록되어 있지 않았다. 그저 이름 없는 왕국 혹은 잊힌 왕국이라 기록되어 있을 뿐.

"그렇다. 라살수니아, 내가 발라티아를 지배하고 있던 마물들을 몰아내고 세운 인간 최초의 국가. 내가 초대 왕으로 있었으며, 내가 초월에 달하고 신성을 얻어 다른 우주로 넘어갔을 때 본인의 후손이 남아 라살수니아의 왕이 되어 인류를 수호했다."

"당신이 인간이었다니… 아니, 잠깐만. 당신의 후손이라니?"

무언가, 머리를 강타한다.

"설마……."

라르―엘라수스가 묵묵히 고개를 끄덕였다.

"알비론 역시 본인의 후손이다."

"……."

아이란은 더 이상 놀랄 기운도 없었다. 그러나 라르―엘라수스는 별것 아니라는 듯한 태도를 보여 아이란을 한층 맥 빠지게 만들었다.

"뭐, 중요한 것은 이것이 아니지. 중요한 건 알비론이 초월에 집착한 나머지 자신의 의무를 내팽개치고 라살수니아를 도탄에 빠뜨렸다는 것이다. 그것을 나는 볼 수밖에 없었다. 나는 이미 우라시아를 떠나 있었기에."

"……."

"그러나 그는 일으켜선 안 될 짓을 저질렀지."

─그 후부터는 내가 설명하지.

화끈!

"크윽!"

아이란이 무릎을 꿇었다.

그의 내면에서부터 부글부글 끓어오르는 뜨거움이 전신을 덮는다. 육신을 지옥 불에 녹여 영혼을 뽑아내는 것 같다.

"크으으으으!"

찌지직!

아이란의 내면에서 들리는, 오직 그에게만 들리는 소리. 마치 영혼이 찢어지는 것과 같은 소리다.

필사적으로 고통을 참지만, 결국 그는 더 이상 버티지 못했다.

"크아아악!"

아이란의 상의가 갈기갈기 찢겨졌다.

"크아아아아아!"

푸화악!

아이란이 등이 터지며 피분수가 솟구쳤다. 그로부터 흘러나온 푸른빛.

그것이 피와 뭉쳐 형체를 이룬다.

뚜렷한 이목구비의 젊은 사내.

"……."

아이란은 엎드려 지친 눈으로 그를 올려다본다.

'누구…….'

낯설다. 그러나 익숙하다. 도저히 종잡을 수 없는 기억. 대체 저자는 누구이기에 자신의 육신을 양분 삼아 탄생하였는가.

"후후, 결국 그에게 접근하였군. 라르―엘라수스."

"역시나. 그의 영혼과 결합해 있던 조각은 그대였구나, 알비론."

"……!"

알비론. 분명 아이란은 조금 전 그에 대해 들었다. 그는 바로…….

"진자겸……!"

알비론 혹은 진자겸. 그가 아이란을 내려다보며 웃는다.

"후후, 오랜만이로구나. 아니, 실제로 만나는 것은 처음인가?"

고개를 갸웃한 진자겸. 그가 말을 잇는다.

"처음 뵙겠소, 아이란 그락서스. 여의 이름은 진자겸. 과거 알비론이라고 불렸소. 저기 있는 라르ー엘라수스로부터 여에 대해 들었겠지."

"⋯⋯."

"자, 이 정도면 여의 소개는 되었겠지. 그럼 이야기를 계속해 볼까?"

"⋯⋯."

아이란은 두 존재 사이에 끼어 아무런 말도 할 수 없었다. 느껴지는 것은 단 하나뿐.

'내겐 자격이 없다.'

그가 할 수 있는 것은 두 존재를 바라보는 것밖에 없었다.

라르ー엘라수스와 진자겸, 둘의 시선이 서로의 눈을 마주한다. 이윽고 라르ー엘라수스가 먼저 입을 열었다.

"…그러지."

"후후, 그대가 설명하겠나? 혹은 본인이 설명할까."

"내가 하겠다."

휙.

라르ー엘라수스가 손을 휘젓자 아이란의 주변에 빛의 알갱이가 형성되어 그의 몸을 감쌌다.

"크으!"

고통이 한결 가신다.

"나는 알비론, 그의 방종을 지켜보았다. 그가 악한 짓을 저질렀다고는 하나 아직 최후의 선을 넘지 않았기에. 그러나 그는 도저히 넘겨서는 안 될 선을 넘었다."

"사소한 착각이었지. 여도 지금은 후회하고 있다네."

피식 웃는 진자겸.

"그는 초월에 오르기 위해 잘못된 방법을 선택했다."

"지금 와서 생각해 보면 얼마나 멍청한 짓을 했는지 말이야. 하하, 부끄럽군."

심각한 라르─엘라수스와 달리 진자겸 그는 그저 부끄러웠던 과거, 마치 이불을 뻥뻥 찰 어린 시절의 사소한 실수를 말하는 듯하다.

"백만이 넘는 사람의 목숨을 앗은 것이 그저 멍청했던 짓이라면 얼마나 좋을까."

"……."

숨이 턱 막힌다.

백만.

"후후, 지금은 나도 느끼고 있다네. 거룩한 희생이라 여겼지만 멍청한 짓이었다는 것을."

"그 멍청한 짓에 라살수니아가 사라졌다. 알비론, 너의 그 욕심에 라살수니아에 존재하던 모든 사람이 소멸했다."

"반성하고 있다니까."

"……."

모든 사람의 소멸.

말이 나오지 않은 스케일.

"모든 것은 나의 잘못. 진작 너를 막았어야 했었다. 그러나 나는 뒤늦게 개입하였지. 나는 뼈저리게 후회하며 알비론을 봉인했다. 영원토록 풀리지 않을 봉인을 걸었지만……."

"모종의 이유로 봉인이 풀렸지. 덕분에 나는 봉인에서 탈출할 수 있었다. 비록 육신은 삭아 재로 돌아갔지만, 영혼은 빠져나갈 수 있었지. 그 과정에서 영혼의 일부를 잃긴 하였지만 무사히 대지에 닿아 새로운 생명으로 잉태될 수 있었다."

"그곳이 무 대륙인가……."

"그렇다. 무 대륙에서 진자겸이란 이름으로 새롭게 태어났지. 그리고 난 뼈저리게 노력하여 초월에 올랐다. 한 번 잘못된 길을 알고, 이미 쌓아둔 경지가 있어 쉽게 오를 수 있었지. 그리고 지금, 나는 이곳을 파멸시키기 위해 바다를 건너고 있지."

"…알비론, 지금이라도 그만두어라. 그대는 초월의 자격을 얻었지 않은가. 그대는 이 우라시아를 떠나 새로운 출발을 하여라."

"후후, 봉인의 용기가 되었던 이곳 발라티아, 아니, 라살수니아를 처리하기 전엔 갈 생각이 없는데?"

어깨를 으쓱이는 진자겸.

"내가 너를 막을 것이다, 알비론."

"후후, 가능하다면."

진자겸의 웃음.

아이란은 저 얼굴에 주먹을 한 방 날리고 싶은 충돌이 일었
다.

"뭐, 아이란 그락서스. 그렇게 열 받아 하지 말라구. 따지
고 보면 너도 관계가 없는 일도 아니고, 네게도 죄가 있으니
까."

"……"

"아직 라르―엘라수스가 가르쳐 주지 않았겠지? 그럼 여가
가르쳐 주지."

잠시의 뜸을 들인 후. 그의 입이 열렸다.

"조금 전 이야기했었지. 봉인에서 해방되는 과정 중 영혼
의 일부를 소실했다고. 그 일부는 봉인의 용기인 이곳 발라티
아에 남았다. 그리고 본체인 여와 마찬가지로 새로운 생명으
로 잉태되었지."

"설마……"

불길한 예감이 솟구친다.

"너와 나는 하나다. 아이란 그락서스, 아니, 알비론이여."

예감은 빗나가지 않았다.

　　　　*　　　　*　　　　*

적막이 감돈다.

아이란은 물론이거니와 라르—엘라수스 역시 입을 열지 않았다.

지금 이 자리에서 감정을 표현하는 것은 오직 한 사람.

"후후."

진자겸. 오직 그만이 미소를 짓고 있었다.

"놀랐나? 또 다른 내 자신이여?"

"……."

그의 입술에 그려진 미소가 짙어진다.

"초월을 성취하였을 때."

아이란도, 라르—엘라수스도 모두 그의 입만을 바라본다.

"여는 지루했었다. 그렇기에 그 지루함을 달랠 방법을 생각했었지. 어떻게 할까? 무엇을 하면 좋을까? 초월에 오른 만큼, 이 세계, 이 우주를 떠나 다른 우주로 넘어가 볼까? 혹은 신으로 세계에 숭배받고, 군림하여 볼까?"

친구에게 어젯밤 있었던 일을 이야기하는 것 같은 어투이다. 그러나 그 내용은 어젯밤 따위와 차원이 다른 무게가 실린다.

"그때, 여는 생각해 냈다. 발라티아, 지금 있는 무와는 정반대에 위치한, 망망대해 너머의 또 다른 대륙. 그리고 그 발라티아 속에서 겪었던 억겁과도 같은 봉인의 순간을. 그렇기에 여는 초월로 또 다른 세계에 가기 전 발라티아를 부수자고 생각했다."

"……."

"큰 목표를 설정하면 곁가지들은 순식간에 생겨나지. 여의 머릿속에선 갖가지 것이 생각났다. 무에서 이끌고 있는 신마성을 통해 부술 수도 있고, 무를 일통하여 어마어마한 대군을 일으킬 수도 있다. 그러던 중, 본인은 생각났다."

"…나인가."

아이란의 반문에 진자겸이 고개를 끄덕였다.

"그렇다. 봉인에서 해방되는 과정 중 소실된 여의 일부. 그때 여는 생각했지. 분명 소실된 일부도 여와 같은 과정을 겪었을 것이라고, 새로운 생명으로 잉태되었을 것이 틀림없다고."

아이란은 착잡한 표정을 지으며 그의 이야기를 계속 들었다.

"그렇기에 여는 그것을 이용하기로 생각했다. 그 즉시 여의 일부 영혼을 더 떼어내어 발라티아로 날렸지. 그 과정에서 쓸모없는 기억들도 함께 딸려갔지만, 별 상관 없었다. 그리고 그것은 성공했다. 여의 영혼은 곧바로 또 다른 자신을 찾아내었고, 결합했다. 그 과정을 통해 여는 또 다른 자신. 즉 그대를 살살이 알 수 있었으며, 그대가 보고 듣는 모든 것을 여는 알 수 있었다."

무서운 말이었다.

자신의 모든 것을 상대가 알 수 있다니.

'아니, 그 상대도 자신이니 결국 내가 나를 아는 것인가.'

생각해 보면 볼수록 어이없다. 할 말이 없다. 혼란스럽다. 그것은 표정으로 그대로 드러나 진자겸을 즐겁게 한다.

"여가 그대에게 말한 것이 기억나는가? 광대, 장난감."

"들어본 적이 있는 것 같군……."

"그대는 재미있는 광대이자 장난감이었다. 아이란 그락서스, 불쌍한 내 일부여."

쫘악.

아이란의 주먹이 핏줄이 솟아나도록 꼭 쥐어졌다.

스르르.

진자겸의 형체가 점점 옅어졌다. 손끝에서부터 알갱이가 되어 바닥에 떨어졌다.

"후후, 이제 시간이 다 되어가는구나. 이제 곧 그대와 여는 만날 수 있을 것이다. 그때, 우리는 진정한 하나가 되어 초월을 만끽할 수 있을 것이다. 고대하고 기다리던……."

펑!

아이란의 주먹이 작렬했다.

진자겹의 형체가 산산이 터져, 모래와 같은 알갱이가 되어 바닥을 어지럽혔다.

"그대, 아이란 그락서스여."

말없이 지켜보던 라르—엘라수스가 아이란에게 손을 내밀었다.

"나의 손을 잡아라."

"무엇을 할 생각이지?"

"그것은 잡아보면 알 수 있을 일."

그의 말에 아이란이 손을 잡았다.

"크윽!"

그 순간, 고통이 아이란을 덮친다.

츠츠츠츠츠!

맞잡은 손으로부터 혈관 속으로 무엇인가가 주입된다. 그 정체는 바로 라르—엘라수스.

빛으로 된 그의 아바타가 점점 옅어진다. 그와 반대로, 아이란은 고통도 고통이지만 힘이 넘친다.

어마어마한 힘과 그 양에 아이란의 혈관이 터질 것처럼 부풀어 올랐다.

—아바타를 통해 나의 힘을 그대에게 주었다. 그 힘을 사용

한다면 그대는 일순간이나마 초월자와 같은 힘을 발휘할 수 있을 것이다. 명심하라. 그것은 딱 한순간일지니. 신중히, 아주 신중히 사용하여야 한다. 아이란 그락서스.

그 말을 끝으로.

방 안에는 아이란만이 남게 되었다.

드르렁, 드르렁.

자고 있는 아르낙스도 있었다.

*   *   *

"으아!"

아르낙스가 기지개를 펴며 몸을 일으켰다.

"오늘은 오랜만에 푹 잔 것 같⋯ 어, 너 벌써 일어났냐?"

아르낙스의 눈에 창가에 앉아 있는 아이란이 보였다.

"일어나셨습니까."

"어어. 정말 푹 잤어. 그런데 너는 언제 일어났냐?"

"조금 전에 일어났습니다."

"그래?"

갸우뚱하는 아르낙스. 그의 눈에 아이란의 침대가 보였다.

깨끗하게 정돈된 침구.

마치 사용도 하지 않은 것 같다.

자고 일어나 정돈한 것일 수도 있지만.

'아예 잠을 자지 않은 것 같은데…….'

아르낙스가 아이란의 얼굴을 빤히 바라보았다.

"음…….'

"왜 그러십니까?"

"너 고민 있냐?"

단도직입. 아르낙스의 말에 아이란이 살짝 웃음을 보인다.

"없습니다."

"그런 얼굴이 아닌데? 네 표정에서 전부 보인다고. 무슨 일인데?"

"정말 아무것도 아닙니다."

"정말이냐?"

"예."

딱 잡아떼는 아이란의 말에 의심의 눈초리가 짙어진다. 그러나 정말 아무 고민도 없다는 말에 고개를 끄덕인다.

"고민이 있다면 내게 말해. 혹시라도 도울 수 있을지도 모르잖아."

"고맙습니다."

"진짜야."

"알겠습니다."

"그래, 그럼 되었다."

아르낙스의 미소를 보는 순간, 아이란은 간밤에 있었던 일을 털어놓고 싶어졌다.

'그러나 그것은 안 될 일.'

그를 끌어들일 수는 없었다.

"자! 아침 먹으러 가자! 오늘 아침은 무엇일까나? 설마 왕성인데 풀만 주진 않겠지?"

"하하, 설마요."

"뭐, 그것은 가보면 알겠지. 자! 얼른 밥 먹으러 갑시다!"

"그전에, 얼굴에 물이라도 좀 묻히고 오시죠. 저는 아까 씻었습니다."

"그래그래. 빨리 씻고 올게. 조금만 기다리라구."

욕실로 향하는 아르낙스. 그의 뒤통수를 바라보는 아이란의 입가에는 어느새 미소가 사라져 있었다.

그것을 아르낙스는 비춰지는 창문을 향해 그대로 보았다.

'분명히 무엇인가 있었다.'

아르낙스가 자고 있었을 때 어떤 사고가 일어났음이 틀림없다. 그리고 그것은…….

'내게 쉽사리 말 못할 것. 아주 중요한 일이 틀림없다.'

그의 의심은 확신에 가까웠다.

'대체 무엇일까?'

머리를 굴려보지만 쉽사리 답이 나오지 않는다.

딸칵.

아르낙스가 욕실의 문고리를 돌렸다.

"아이란."

"예."

"난 언제나 네 편이다."

드르르, 쿵.

아르낙스가 욕실에 들어가고.

"감사합니다."

아이란의 목소리가 혼자뿐인 방에 떨어졌다. 그 목소리는
매우 무거웠다.

*　　　*　　　*

"후후."

바다를 가르는 선단 위, 진자겸이 미소를 지었다.

방금 전의 만남, 그는 아주 만족스러웠다.

또 다른 자신 아이란 그락서스.

그는 정말 훌륭한 장난감이다.

"아, 그렇다면 여 자신도 장난감이려나."

피식.

아이란이 그 자신이니, 아이란을 칭하는 것은 그를 칭하는

것과 같은 것.

"나쁘지 않군. 재미있어."

이 우주를 떠나기 전의 마지막 연회.

그것은 성대한 잔치가 될 것이 틀림없다.

"벌써부터 이렇게 재미가 있는데 말이야. 본편이 재미없을
리가 없지."

끄덕끄덕.

"중요한 초대 손님도 와주셨고 말이야."

초대 손님 라르—엘라수스.

오래된 악연인 그가 그의 초대에 응해 등장했었다. 그를 방
해하기 위해.

그것은 진자겸 그가 원하는 것.

"분명 그는 아이란에게 무엇인가 수를 주었을 것이다."

지금의 아이란 그의 상태로는 진자겸의 상대가 되지 않는
다. 그렇기에 진자겸의 상대를 위해 라르—엘라수스가 어떠
한 수를 주었을 것은 당연히 예상 가능하다.

이제 진자겸이 할 일은 그것을 즐기는 것만이 남았다.

그들이 그 어떠한 수를 준비하든 그대로 웃어넘길 자신이
있기에.

"라르—엘라수스. 그의 본체가 강림하면 위험할 것 같긴

하군."

라르―엘라수스.

수천 년도 전에 초월을 성취한, 신으로 전해내려 오는 초월
자.

진자겸 그 역시 초월을 성취한 상태이긴 하지만, 세계를 넘
어 진정한 초월자로 각성한 그와는 차이가 있다.

"뭐, 모든 것은 결국 여의 즐거움일지니."

애초 즐겁기 위해 기획한 일 아닌가.

뜻대로 풀려도, 풀리지 않아도, 그 모든 것은 결국 즐거움.

"그 끝이 나의 패배라도……."

그는 만족한다.

*　　　*　　　*

일주일 후.

발라티아 회의가 파하고, 집결했던 대륙의 주요 인사들은
각자의 조국으로 돌아갔다.

아이란 역시 예외가 아니어서 아르낙스와 데이비드 왕과
함께 그라나니아로 돌아갔다.

그 후 데이비드 왕은 발라티아 회의의 성공을 축하하는 연
회를 벌였고, 아이란은 참여했다.

며칠간의 연회에서 주연으로 참여한 아이란. 그는 회의를 대표하여 참석한 귀족들에게 발라티아 회의에 관하여 자세한 설명을 하였다.

대부분의 귀족은 발라티아 회의에 대해 환영했지만, 반감을 가진 이도 몇몇 있었다.

아이란과 아르낙스의 정적들을 비롯하여 과거 이 왕자인 가브리엘을 지지했던 이들, 세실 왕녀를 지지하는 이들 등.

그들을 설득하자면 설득할 자신은 있었으나, 아이란은 그러지 않았다.

"그러한 시간에 영지의 정병들을 더 챙기겠다."

맥나타니아에서 있었던 제국과의 전쟁.

그락서스의 병사들 역시 참여했고 대부분 생존하여 있었다.

그들을 주축으로 또 한 번의 전쟁을 준비하여야 한다.

"부디 마지막이었으면 좋겠군."

아마 아이란만 이렇게 바라는 것이 아닐 것이다.

지금 이 순간에도 수많은 이가 평화를 염원하고 있을 것이다.

귀족도, 평민도, 천민도. 그 감정은 모두가 같을 것이다.

"평화를 위해 전쟁을 준비하는 것만큼 모순인 것은 없지."

그러나 그 모순으로 인해 평화가 유지된다는 것을 잘 알고 있다.

평화에 녹슨 칼날과 금이 간 방패는 전쟁을 불러온다.

"그것이야말로 죄악."

최악의 행위이다.

돌이킬 수 없는 일을 만들지 않기 위해.

"나는 오늘도 준비한다."

아이란.

그의 눈빛은 한결 단단해져 있었다.

CHAPTER

8

1592년 4월 14일.

 왜군 선발대 소서행장이 부산성을 공격해 혈전 끝에 부산성이 함락되었
다.

—왜란(倭亂)

발라티아의 동쪽, 제국.

제국에서도 동부에 속하는 해안 도시는 언제나 활기에 가득 차 있었다.

오고 가는 상선을 비롯하여 물고기를 낚는 어부들, 선원들을 상대하는 술집 등으로 인해 낮이나 밤이나 떠들썩한 곳이다.

점심을 약간 지났을 때, 항구에 있던 사람들은 이상한 광경을 목격했다.

"음? 저런 대선단이 이곳에 올 예정이란 말은 들어본 적이 없는데?"

항구의 관리가 고개를 갸웃했다.

처음 수평선 너머에서 한두 척의 배가 보였을 때는 오고 가는 상선이겠거니 하였다. 그러나 한두 척이 다섯 척이 되고, 열 척이 되었으며 지금은 족히 마흔 척이 훨씬 넘는다.

"아니, 마흔 척 정도가 아니야. 일백 척은 되겠어."

예감이 불길하다.

관리의 머릿속에서 경종이 울렸다.

이미 다른 사람들도 그 광경을 보았는지 웅성웅성한다.

그때 관리의 머릿속에 한 달 전쯤 받았던 지침이 떠올랐다.

정체불명의 대선단.

다른 대륙의 존재가 침략해 올 수 있으니, 발견 즉시 위험을 알리라는 말.

'처음엔 코웃음을 쳤지만……'

다른 대륙이라니, 이 무슨 뚱딴지와 같은 소리인가.

저 수평선을 넘어도 오직 망망대해만 펼쳐질 뿐, 다른 대륙 같은 것은 코빼기도 보이지 않는다.

그렇게 생각했었다.

"진짜 있었을지도……."

이제는 생각이 바뀌었다.

다른 대륙은 있을 것이다.

"아!"

생각이 바뀌니 머릿속에 번뜩이는 것들.

관리는 필사적으로 그것들을 수습했다. 그리고 그중 하나.

땡땡땡땡땡!!

땡땡땡땡땡땡!!

위험을 알리는 경종이 도시 곳곳으로 널리 퍼져 나갔다.

*　　　　*　　　　*

활활.

점심까지만 하더라도 번영했던 제국 동부의 항구도시가 혼돈에 빠져 있었다.

곳곳에 화재가 발생해 연기가 피어올랐으며 도로, 골목 할 것 없이 시체가 가득했다.

창을 꼭 쥔 채 내장이 흘러나와 쓰러진 병사의 시체부터 공포에 질린 어린 청년의 시체까지.

대부분 남성의 시체로 여자의 시신은 보이지 않았지만 어떻게 되었는지는 충분히 상상할 수 있었다.

덜덜.

시체로 가득한 골목.

쓰레기통 하나가 덜덜 떨리고 있었다.

평소라면 쓰레기가 담겨야 할 곳엔 사람이 담겨 있었다.

뚜껑을 꼭 닫은 채 공포에 질려 있는 아직은 어린 소년.

부모로부터 심부름 중에 변이 닥쳤는지 한 손에 쥔 바구니엔 빵을 비롯한 식재료들이 담겨 있었다.

뚜벅, 뚜벅.

덜덜 떨리던 쓰레기통이 멈추었다.

다가오는 발소리를 들은 것이다.

숨을 죽이고 필사적으로 떨리는 몸을 멈춘다.

제발 지나가라.

제발 지나가라.

아마도 소년은 이러한 마음일 것이다.

제발 나를 못 보았길.

제발 그저 지나가는 것이길.

드륵!

그러나 운명은, 소년의 바람을 들어주지 않았다.

뚜껑이 흔들리는 소리.

누군가 쓰레기통의 뚜껑을 열었다.

뚜껑 사이로, 세상이 열리고 그 세상 속에서 누군가가 소년을 내려다본다.

햇볕에 탄 거무스름한 피부.

특이한 양식의 갑옷 사이로 보이는 튼실한 근육.

그리고.

'검은 머리……'

검은 머리의 침략자가 소년을 내려다보며 씨익 웃었다. 그
리고 그의 손이 올라가고, 햇볕에 반짝이는 날붙이가 드러났
다.

군데군데 붉은 핏물이 가득 묻은 칼날.

침략자가 잔인한 미소를 지으며 그 검을 천천히 소년을 향
해 내린다.

덜덜.

소년은 그것을 지켜볼 수밖에 없었다.

그때.

퍽!

푸화악!

과일이 터지는 것과 같은 소리와 함께 분수가 솟구친다.

후두두둑!

솟구친 분수의 물이 붉었던 터라 소년의 얼굴을 비롯해 전
신이 붉게 물들었다.

덜덜덜덜!

소년의 몸이 사정없이 떨린다.

"나오거라."

그때 누군가 소년을 불렀다.

너무나도 차갑고 딱딱한 목소리.

소년이 귀를 막으며 두 눈을 꼭 감았다.

"다시 한 번 말하지. 나오거라."

그 목소리가 다시 들려왔다. 조금 전과 차이점이 있다면 조금은 부드러워졌달까.

그 점을 느꼈는지 소년이 조심스레 눈을 떴다. 그리곤 쓰레기통에서 나왔다.

세상에 나온 소년이 볼 수 있었던 것.

그것은 소년의 두 배는 됨직한 키를 가진 청년이었다.

"네 이름은 무엇이지?"

청년이 소년에게 물었다.

"…프."

기가 죽은 소년의 목소리. 그것이 마음에 들지 않았는지 청년의 미간이 찌푸려졌다.

"다시 한 번, 똑똑히 말하도록."

"…메인델프."

"메인델프라……."

청년이 소년의 이름을 곱씹었다.

"좋다, 메인델프. 나를 따라오도록."

휙.

청년이 몸을 돌려 앞으로 나아갔다.

그것을 소년은 고민하며 지켜보았다.

'따라오라구? 대체 왜? 날 구해준 것인가? 왜 날 구해준 것이지?'

끝없이 솟구치는 고민.

'아! 엄마! 아빠!'

그것엔 부모에 대한 고민도 있었다.

휙.

소년이 손에 쥔 바구니를 바닥에 내던지고 달릴 자세를 취했다.

"지금 너 혼자 나간다면."

그때 청년의 목소리가 들린다.

"너는 금방 죽을 것이다."

맞는 말이다.

조금 전에도 죽을 뻔하지 않았던가.

소년 혼자선 어림도 없었다.

도와줄 사람이 필요하다.

가령…….

"우리 엄마 아빠도 구해주세요!"

자신을 구해준 청년이라던가.

"싫다."

그러나 청년은, 소년의 간절한 부탁을 거절했다.

"네가 가는 것은 말리지 않겠다."

"……."

"선택하여라. 부모에게 달려갈 것인지, 나를 따라나설 것인지."

'뭐, 부모가 살아 있을 것 같진 않군.'

청년은 뒷말을 군이 하지 않았다. 그러나 소년은 예상할 수 있었다.

뚜벅, 뚜벅.

청년이 걸어 나간다.

소년은 그 모습을 말없이 지켜보다 그의 뒤를 따라나섰다.

골목엔 머리가 터진 시체와 소년이 내던진 장거리만이 남게 되었다.

널브러진 빵이 피에 붉게 젖었다.

*   *   *

"폐하! 에스티아가 함락되었습니다."

"흠, 그들이 결국 당도했는가."

제국의 대전에 항구도시의 함락이 전해지자, 배석한 이들이 웅성거렸다.

"조용."

위벨 황제가 손을 휘젓자 떠들던 모든 이가 순식간에 입을 다문다. 순식간에 거대한 대전에 적막이 찾아온다.

"회의에 이 소식을 지급으로 전하고, 회의의 소집을 알려라."

"예. 당장 전하겠습니다!"

"제국이 성립한 이래 최악의 위기가 도래했다. 모두들 각자의 자리에서 최선을 다하라."

황제의 지고한 명이 내려지고, 대신들은 그에 배례했다.

*   *   *

그동안 여러 경유로 밀렸던 업무를 처리하느라 아이란은 요즘 정신없이 바빴다.

자신이 업무를 처리하는 것인지 업무가 자신을 처리하는 것인지 모를 나날.

아무리 처리를 하여도 쌓이기만 하는 현실을 저주할 때.

칼이 집무실에 들어왔다.

"예감이 좋지 않군. 이 높디높은 탑을 증축하러 왔는가?"

아이란의 말에 쓴웃음을 짓는 칼.

"안타깝게도 그것은 아닙니다."

"다행이군. 그렇다면 무슨 일인가?"

진심으로 안도하는 아이란. 그를 안심시켜 주려는 칼의 말이 이어진다.

"중요한 손님이 찾아오셨습니다."

"손님?"

"예."

"그렇다면 손님을 맞도록 하지. 응접실로 가겠다."

"예, 이미 손님께서 기다리고 계십니다."

아이란이 응접실 문을 열고 들어가니, 넉넉한 웃음이 그를 맞았다.

"하하, 오랜만입니다."

"정말 오랜만이로군요, 움프라빌 백작."

과거 일왕자 파벌의 회동 때 보았던 일왕자를 지지하는 젊은 귀족 파벌 중 리더 격인 존재.

길버트 움프라빌 백작이었다.

두 사람은 악수를 나눈 뒤 자리에 앉았다.

"중요한 손님이 움프라빌 백작이라니, 정말이지 깜짝 놀랐습니다."

"하하, 사안이 사안인지라 본인이 급하게 오게 되었습니다."

"어떠한 사안일지 정말 궁금합니다."

"들어보시면 절로 납득하시게 될 것입니다."

스르르.

두 사람 사이에서 침묵이 돈다. 찻잔 안의 김만이 넘실거릴 뿐.

"제국 동부의 항구도시가 습격받았습니다."

"음……."

"습격받은 도시의 이름은 에스티아. 제국 동부 제일의 무역항으로, 족히 수천이 넘는 군사가 주둔하고 있는 곳이지만 순식간에 함락당하고 말았다고 합니다."

"무… 로군요."

"예, 그렇습니다."

무 대륙.

발라티아 회의에서 황제의 공개로 이미 대부분의 사람은 무 대륙의 존재에 대해 알고 있었다.

"제국의 위벨 황제께서 발라티아 회의의 긴급 소집을 요청하셨습니다. 데이비드 전하께선 회의의 고문이신 아이란 그락서스 백작께서 그라나니아를 대표하여 참석하시길 바라고 계십니다."

"흐음……."

아이란은 처음 발라티아 회의에 대한 단초를 마련하고 결성에 지대한 공을 세워 회의의 고문으로 임명되었었다.

대의원인 각 국의 왕족들과 비교해도 꿀리지 않는 직위.

한 국가의 대표가 되기에 전혀 부족함이 없다.

"우선 왕성으로 가시죠."

그때.

쾅!

문이 부서질 듯 거칠게 열렸다.

응접실에 들어온 인물의 뒤로 난감해하는 칼의 얼굴이 보인다.

"당신은……."

이 인물 역시 아이란과 안면이 있었다.

분명 그의 이름은…….

"게이츠 키리퍼 경?"

왕성의 관문을 관리하는 훈작사.

"정중히 예를 갖추어 인사를 올릴 수 없는 점, 사죄드리겠습니다!"

"알겠소. 그런데 무슨 일로……?"

"움프라빌 백작께서 그락서스로 출발하시고 하루, 제국에서 새로운 급보가 당도했습니다. 저는 그것을 아이란 그락서스 백작께 전하라는 데이비드 전하의 명을 받아 왔습니다."

숨 쉴 틈도 없이 쏘아 보내는 게이츠 키리퍼. 그를 바라보며 아이란과 움프라빌 백작이 미묘한 표정을 지었다.

"새로운 급보라……."

"예, 괜찮으시다면 지금 바로 말해도 되겠습니까?"

워낙에 다급한 표정이라 고개를 끄덕일 수밖에 없다.

아이란의 승낙을 얻자 게이츠 키리퍼가 입을 열었다.

"제국의 위벨 황제 폐하로부터의 전언. 동부 최대의 무역항 에스티아가 함락된 이후 주변 일곱 개의 항구 역시 함락. 그 후 동부의 주요 거점 도시인 파리단 역시 함락되었습니다."

제국의 주요 거점 도시라고 하면 웬만한 왕국의 왕도와 같은 거대 도시.

그러한 도시가 함락되었다고 한 것은 정말이지 심각한 사안.

제국의 동부가 넘어간 것이나 마찬가지의 말이었다.

"파라딘이……!"

움프라빌 백작이 경악을 토해냈다.

"그것도 보통의 파라딘이 아닙니다. 침공 소식이 전해진 후 동부 각지에서 집결된 족히 삼만 이상의 수비 병력이 있는 파라딘이 함락되었습니다."

"컥!"

게이츠 키리퍼의 부연설명에 움프라빌 백작이 경악에 경악을 더한다.

"칼."

"예, 당장 준비하겠습니다."

이미 척하면 척.

아이란이 원하는 것은 무엇이든 알 수 있는 칼.

"아아, 수락하여 주셔서 감사합니다. 전하로부터 무슨 수를 써서라도 백작을 설득해 달라는 부탁을 받은 터라……."

"아닙니다. 당연한 의무입니다. 게다가 이러한 소식을 들었는데 가만히 있을 수 없지요."

"저 역시 감사드립니다, 백작 각하."

"소식을 전해주신 키리퍼 경도 정말 수고 많으셨습니다."

"맞습니다. 하루 먼저 출발한 저와 도착 시간이 별다르지 않을 걸 보면 얼마나 고생하셨는지……."

서로를 치하하는 그들이지만 표정은 밝지 않다.

곧바로 준비를 마친 그들은 그날 바로 왕도를 향해 출발했다.

*   *   *

쉴 새 없이 왕도를 향해 달렸다. 그 결과 일주일이 채 되지 않아 왕도에 도착했다.

저택에 짐을 풀지도 않은 채 곧바로 왕성의 문을 통과하자 왕과 대신들이 모여 있는 회의실로 바로 안내받을 수 있었다.

벌써 삼 일이 넘어가도록 지속되는 회의를 진행하고 있는 데이비드 왕과 대신들.

아이란을 향해 반가움의 손을 흔들고 있는 아르낙스의 얼굴에 피곤이 가득했다.

"오랜만이오, 그락서스 백작. 모두와 인사를 나누고 싶겠지만 참아주시길. 곧바로 회의를 재개하지. 그락서스 백작은 빈자리 중 아무 곳이나 앉으시오."

데이비드 왕이 재개를 선언하자 곧바로 회의가 이어졌다.

그 후 이틀에 걸쳐 각지의 귀족들이 도착하였고, 회의는 끊기지 않았다.

"후우!"

긴급한 상황을 해결하기 위한 회의였으나 사안이 사안인지라 신중히 진행 중이다.

벌써 일주일에 가까워진 회의.

지금까지 정리된 내용은 크게 몇 가지.

하나, 발라티아 회의 연합군에 참여하기 위한 병력은 왕과 대영주들이 협의하여 차출한다.

하나, 지원군의 보급 등을 위한 비용은 일반 귀족들이 일부 부담한다.

하나, 그들을 이끄는 총사령관은 대영주와 왕과의 협의하여 지

정한다.

하나, 군 병력에 대한 전권을 총사령관에 부여, 즉결처분 역시 허용한다.

하나, 부사령관은 왕 측 한 명과 대영주 측 한 명, 총 두 명을 둔다.

그 외에도 몇 가지 사항에 대해 결론이 났다.

"총사령관은 추천된 후보에 대해 투표를 통해 결정하겠소."

총사령관 후보로 나열된 이들은 각 진영별로 다양하여, 유력한 몇 명을 따지자면 셋 정도로 압축되었다.

마샬 공작령의 영주인 아르낙스 공작.

왕국군 총사령관인 로메실 후작.

알비란 후작령의 영주인 알비란 후작.

아이란 역시 후보에 물색되었으나, 본인의 적극적인 만류로 물러났다. 그러나 부사령관 후보에는 들게 되었다.

결국 곧바로 거수투표를 진행하게 되었고, 아르낙스 공작과 로메실 후작이 동표가 나왔다.

무승부. 그러나 이러한 일에 무승부가 있을 리가 없다.

남은 표는 단 하나.

데이비드 왕의 표.

왕의 의중에 의해 총사령관이 결정 나기에, 모두들 숨죽이
며 왕의 입을 바라보았다.

"……."

데이비드 왕이 아르낙스와 로메실 후작과 눈을 마주쳤다.

"어려운 선택이구려. 둘 모두 그라나니아에서 손꼽히는 명
장. 누구를 택하기도 어려운 법이오."

왕의 말에 모두들 고개를 끄덕인다.

"그렇기에 본인은 생각했소. 발라티아 회의의 주축인 이
상, 연합군을 지원하는 것도 중요하지만 우리의 대지 역시 침
공받을 수 있소. 그렇기에 본인은 지원군에 대한 총사령관과
방어군에 대한 총사령관으로 둘 모두 선정하기로 했소."

"……!"

괜찮은 생각이라면 괜찮은 생각.

"본인이 생각하기에 발라티아로 가는 지원군 총사령관은
아르낙스 공작, 방어군에 대한 총사령관은 왕국군 총사령관
인만큼 로메실 후작이 되었으면 좋을 것 같소."

"정말이지 묘안이십니다."

"맞습니다. 지원도 중요하지만 우리의 땅을 지키는 것 역
시 중요하지요."

"공작님과 후작님의 장점을 고려한 훌륭한 명안이십니다."

귀족들은 데이비드 왕의 결정에 고개를 끄덕이며 만족했다.

"자, 그렇다면 지원군에 대한 부사령관을 선발해야겠지. 부사령관은 총사령관인 마샬 공작과의 호흡 역시 중요한 법. 조금 전 경력 부족의 이유로 총사령관 후보를 사양한 그락서스 백작 역시 충분히 자격이 된다고 생각하오."

데이비드 왕의 말은 아이란을 지원군 부사령관으로 선발하자는 뜻.

아르낙스와의 조합도 조합이거니와 딱히 반대할 이유가 없기에 귀족들은 동의했다.

그렇게 지원군 총사령관 아르낙스 마샬 공작과 부사령관 아이란 그락서스 백작이 결정되었다.

"맡겨주신 이상 최선을 다하겠습니다."

"저 역시 마샬 공작님과 같은 생각입니다. 최선을 다하겠습니다."

이렇게, 또 한 번의 대륙행이 결정되었다.

CHAPTER
9

국제연합 헌장 규정에 의해 편성되는 다국적 군대.
유엔군이라고도 칭해지며, 국제 평화에 대한 위협, 침략 행위 등에 대처하기 위해 회원국들의 병력으로 조직된다.

—국제연합군(國際聯合軍)

Untied Nations Forces

제국 동부의 대도시, 파리단.

족히 수십만이 거주하는 번영하는 대도시가 불타오르고 있었다.

시인들이 노래를 불렀던 광장에 시신이 쌓이고, 하루 세 번 울렸던 종탑은 부서진 채 불에 그슬렸다.

천막들이 가득 펼쳐져 있던 시장은 불타올라 재가 되고 있었다.

후의 사람들은 기억하리라.

이곳 파리단은 멸망하기 전 손에 꼽는 대도시였다고.

이러한 사태에서 유일하게 멀쩡한 한 곳.

파리단 중심의 총독부.

하늘에 닿고 싶은 인간의 열망을 표현하듯 높디높은 총독부의 탑의 꼭대기에서 한 사람이 세상을 내려다보고 있었다.

세상에 오롯한, 유일한 존재.

진자겸.

바로 그였다.

"간단하군."

그의 말대로, 간단했다.

무 대륙의 힘은 단번에 발라티아를 덮쳐 휩쓸어 버렸다.

단숨에 점령한 제국 동부와 이 성이 증거.

그만큼 무 대륙의 힘은 강력했다. 그리고 그 힘은 지금 파라딘을 철저히 파괴하고 있었다.

"여의 핏물로 큰 도시이니만큼, 여가 되돌려 주어야지."

파라딘.

이곳은 과거 진자겸이 알비론이었던 시절 그의 폭정에 대항해 일어선 열두 개의 도시 중 하나로, 성역 도시라고도 불리었다.

파라딘에서 일어선 민병들은 알비론의 군세에 저항, 다른 열하나의 성역 도시와 함께 알비론을 끌어내렸지만, 지금은 진자겸에게 철저하게 파괴당하고 있었다.

"모든 것을 부수리라. 이곳부터 시작하여 발라티아의 모든 것을."

그는 발라티아를 지배할 마음이 없었다.

이 철저한 파괴는 말하자면 기념식.

진자겸이 초월에 올라 초월자가 된 것을 기념하는 행사.

천 년이 넘는 오랜 시간 동안 그를 구속했던 이 발라티아를 부수고 그는 떠날 것이다.

이 우주가 아닌 다른 우주로.

"다른 여덟의 우주가 나를 기다리고 있다."

—이러한 짓을 벌이는 그대를 다른 초월자들이 환영할 것 같은가?

스륵.

진자겸의 앞에서 빛이 뭉쳐 형체를 이루었다.

거대한 용.

진자겸이 서 있는 이 총독부 건물보다도 더욱 거대한 용이다.

이러한 용이 나타나면 도시는 대혼란에 빠질 터이지만, 이미 도시는 대혼란 상태. 게다가 이 용은 보통 사람들의 눈에는 보이지 않았다.

"그대는 나를 환영하지 않는가, 드라카고여."

—나야 아무런 상관없다. 그러나 다른 이들의 생각은 다르

겠지. 카쿠라쉬는 그대에게 아무런 관심을 쏟지 않는다. 타렉말은 환영하는 것 같더군. 다른 이들은 모르겠다.

"후후."

―되도록이면 빠른 시간 내에 결정하라. 모두의 인내심은 그리 깊지 않으니.

"잘 알겠다, 드라카고."

―문두스.

"문두스라."

―현재 모인 열한 명의 초월자가 정한 우주의 이름이다.

"좋군. 새로운 우주. 그 속에서 세상을 열 초월자들. 그들은 탄생한 생명에게 신으로 경배받겠지. 이 일을 마무리하면 여는 곧바로 문두스에 참여하겠다."

―기다리고 있겠다.

"아아."

스르륵.

용의 형체가 천천히 소멸해갔다.

다리부터 시작하여 몸통, 발톱, 날개까지. 마지막엔 머리밖에 남지 않았다.

이제 곧 저 머리 역시 사라질 것.

그때였다.

―라르―엘루수스.

"……."

―끝까지 방심치 마라. 그는 초월자 중에서도 초월자. 최근 아바이오에서 일어난 분쟁으로 인해 상당한 양의 힘을 소실했지만, 그는 여전히 강력한 자. 카쿠라쉬도 방심을 할 수 없는 자이다. 만약 방심한다면, 먹히는 것은 그대가 될 것. 그대는 뼈저리게 실패할 것이다.

그 말을 끝으로, 용은 완전히 사라졌다.

"후후, 드라카고."

하늘을 바라보며 잠시 뜸을 들이는 진자겸.

"그것은 그것대로 즐거운 것이라네. 물론, 방심하겠다는 말은 아니지만."

노을이 붉었다.

지상도 하늘도 붉게 불타오르고 있었다.

*　　　　*　　　　*

"붉군."

왕도에서 내려가고 있는 마차 안.

창문을 통해 보이는 바깥세상은 왼쪽 끝에서 오른쪽 끝까지, 아래에서 위까지 모두 붉었다.

세상 모든 것이 불타오르고 있는 것 같은 광경이다.

"불길할 정도이다."

세상에 태어나고 흐른 날짜만큼이나 본 노을이다. 그러나 오늘은 유난히 붉었다.

마치 침략으로 불타오르고 있는 대륙의 동부를 보여주는 듯하다. 그리고 이제 곧 닥치게 될 다른 도시들의 운명 역시 그와 다르지 않다고, 이렇게 불타게 될 것이라고 보여주는 것 같다.

웃고 있는 진자겸이 떠오른다. 그리고 그의 발아래에서 신음하고 있는 그의 주변 사람들, 영지민, 대륙의 사람들이 떠오른다.

"그것은 안 될 일. 내가 막아야 할 일이다."

그의 굳은 결심이다.

사실 그에겐 원래 이러한 정의감이 없다. 아르낙스라면 몰라도 아이란은 자신의 주변 일이 아니라면 그다지 신경 쓰지 않는다.

그러나 이것은 그러한 일의 범주를 넘어선 일.

'게다가……'

따지고 본다면 모든 원죄는 아이란에게 있었다.

그가 바로 진자겸이고, 진자겸이 바로 그이니까.

'기필코 막을 것이다. 이 한 몸을 던져서라도, 몇 번을 죽더라도 나는 죽을 수 없다. 몇 번을 고쳐 죽더라도 진자겸 그

만은 끌고 가겠다.'

각오.

아이란의 눈빛이 불타올랐다. 그 힘은 밖을 태우고 있는 노을에 뒤지지 않았다. 오히려 귀기마저 서려 그의 각오를 보여주었다.

*　　　*　　　*

"그럼 나중에 보자. 무리하지 말고 천천히 오도록 해."

"예. 그리 오랜 시간이 걸리지 않을 것입니다. 적어도 한 달 이내 출발할 수 있을 것입니다."

그로부터 일주일.

일차적으로 소집에 시간이 걸리는 대영주들의 군세보다 먼저 왕국군이 출발했다.

그들을 인솔하는 것은 원정 지원군 총사령관인 아르낙스로, 부사령관인 아이란은 그라나니아에 남았다.

그는 곧 자신의 그락서스 군을 비롯하여 다른 대영주들의 군세를 엮어 제후군을 형성하여 발라티아로 출발할 것이다.

보름 후.

북방에 자리해 상대적으로 제일 먼 그락서스 군이 도착한 것을 마지막으로 제후군이 모두 모였다.

케트란과 렌빈을 제외하고 모든 대영주가 일정 숫자의 병력을 보내어 그 수만도 이만에 달했다.

앞서 출발했던 왕국군 역시 이만.

그라나니아 단독으로만 사만으로 이 사안에 대해 얼마나 심각하게 생각하고 있는지를 보여준다.

그라나니아로선 총력을 펼치는 것과 마찬가지.

다른 나라들 역시 이와 다를 것 없다.

가장 세력이 강한 제국과 맥나타니아를 제하더라도 합이 이십만에 달한다.

"제국과 맥나타니아는 각기 십만씩이었지."

합치면 사십만.

어마어마한 숫자이다.

왕실의 개들을 비롯하여 각 국의 기관이 총동원되어 파악한 무의 병력은 십만 정도.

사십만과 십만의 대결.

그 어떤 정예 병력이 바다를 건너왔어도 능히 물리칠 수 있다는 자신감을 가질 수 있는 숫자.

그러나 아이란은 고개를 젓는다.

"나를 통해 그라나니아를, 발라티아를 파악한 진자겸이다. 십만으로 충분하다고 여겼기에 십만을 끌고 왔겠지."

진자겸. 그의 능력이라면 십만이 아닌 이십만도 끌고 올 수 있었을 것이다. 그러나 아이란을 통해 파악한 발라티아의 전력은 십만으로도 충분하다고 생각했기에 십만을 끌고 온 것뿐.

절대 방심할 수 없다.

분명 한 명이서 셋, 넷을 상대할 수 있는 최정예가 틀림없다.

"무병… 이라 하였던가."

희미한 조각 속에서 끄집어낸 무 대륙의 기억.

만일 십만 전부가 무병이라면…….

"병사란 병사는 전부 긁어모아야겠군."

생각하긴 싫지만 사십만도 부족할 수 있다. 어쩌면 백만의 대군을 소집해야 할 수도.

"물리친다 하더라도 물리친 것이 아니겠군."

전쟁이 끝난 후 황폐화된 발라티아가 숙제로 남을 것이다.

그것을 복구해야 할 젊은 청년이 대부분 죽음을 맞을 시 복구는 오랜 시간이 걸릴 것이다.

기적.

기적이 필요하다.

진자겸을 물리치고, 그의 군세를 물리칠 기적.

발라티아의 평화를 이룰 기적.

이러한 기적은 어떻게 이룰 수 있는 것인가?

"신."

하늘 위 고고한 신에게 기도를 올려야 할까? 기적을 일으켜 달라고? 그렇다면 어떻게 해야 신에게 나의 목소리가 닿을까?

"닿을지 닿지 않을지도 모를 때 남은 방법은 하나."

아이란이 자신의 두 손바닥을 펼쳐 바라보았다.

"이 두 손뿐."

굳은살이 박이고 흉터로 찢어진 손들.

직접 기적을 만들 수 있는 이 두 손뿐이다.

*   *   *

맥나타니아에 닿은 아이란과 제후군은 그대로 제국까지 행군했다. 맥나타니아에서 지원해 준 길잡이들과 병력, 물자 등으로 인해 한결 편하게 이동한 아이란과 제후군.

그들은 제국의 국경을 넘어 현재 발라티아 회의 연합군과 무 대륙 군세의 전선에 닿을 수 있었다.

전선은 제국 중부 지방과 동부 지방의 경계인 평원으로, 이곳에서 밀린다면 그대로 제국의 수도로의 길이 열리기에 필사적으로 방어하는 제국군이었다.

발라티아 회의 역시 중요한 한축인 제국이 무너지는 것을 절대 원치 않는지라 필사적으로 사수했다.

덕분에 전선은 고착화되어 양측 모두 한 치의 밀림도 없이 유지되었다.

투닥투닥.

"잘 왔다."

"수고 많으셨습니다."

아이란이 제후군을 이끌고 연합군에 당도하자 마중 나온 이가 있었다.

바로 아르낙스.

아이란은 그와 포옹을 하며 해후했고, 그들은 곧바로 회의 실로 안내되었다.

"오오, 백작!"

"오랜만입니다. 대공."

회의실에 들어가자 가장 먼저 아이란을 맞이한 이는 맥나타니아의 총사령관 자르카 대공이었다.

그 옆에선 제국의 위벨 황제가 미소를 짓고 있었다.

"오셨군, 그락서스 백작."

"오랜만에 뵙습니다."

"반갑소, 백작."

"나 역시 마찬가지요."

"처음 뵙겠습니다."

그 후 아이란은 엘브니움을 비롯하여 남부왕국동맹과 도시국가연합의 대표들도 만날 수 있었다.

노딕 공화국은 아직 면전의 전쟁으로 인한 정리가 끝나지 않아 병력을 보내지 않았기에 만날 수 없었지만, 이것만으로도 전 대륙의 힘이 이곳에 집결한 것이나 마찬가지였다.

"후후, 인사는 그쯤하고 바로 본론으로 넘어가야겠지."

위벨 황제의 말에 모두들 각자의 자리로 돌아갔다. 아이란 역시 아르낙스의 옆 마련된 자리에 앉았다.

"그락서스 백작. 그대는 현재 전황에 대해 얼마나 알고 있는가?"

"적들의 병력이 십만 정도인 것과, 팽팽하게 유지 중인 것 정도만 알고 있습니다."

"후후, 맞아. 분명 우리는 사십만, 아니, 연합군 측뿐 아니라, 제국이 따로 운용하고 있는 병력을 더하면 오십만 대군. 그러나 저들의 십만을 넘기지 못하고 있네."

오십만이 십만을 이기지 못하고 있다.

그것은 아주 심각한 이야기.

적들의 병력이 상상을 초월할 정도의 정예병이란 것을 의미했다.

"게다가 더욱 무서운 것은 저들 중 정예, 정예 중 정예라고 할 수 있는 흑기사들이 없는 상황인데도 이렇다는 것."

자르카 대공이 위벨 황제의 말을 덧붙였다. 그런데 그 내용 중 아이란을 갸웃하게 하는 내용이 있다.

　"흑기사?"

　아이란의 반문에 옆에 있던 아르낙스가 아이란에게 답해 주었다.

　"처음 본격적으로 맞붙었을 때 나선 적들의 정예 병력이야. 이름을 모르기에 우리가 붙인 이름이지. 그들의 수는 일천이 채 안 되었는데 펼친 활약은 어마어마했다구. 검은 갑옷을 맞춰 나타나 그대로 우리를 덮치는 놈들의 모습은 마치 질풍과 같달까? 덕분에 첫 날 완전히 밀려서 이곳에서 전선을 형성하게 된 것이고. 뭐, 그것도 더 이상 그들이 나타나지 않기 때문이지만."

　아르낙스의 설명을 듣고 판단하건대 무시무시한 놈들이다. 분명 신마성의 정예 타격대가 틀림없었다.

　"흑기사라……."

　흑기사라 불릴 이름을 가진 무력 단체가 무엇이 있던가.

　아이란이 곱씹고 또 곱씹었지만, 진자겸의 자투리 기억을 아무리 뒤져보아도 나오지 않았다.

　'하긴. 내가 알고 있는 것이 대체 무엇이 있겠는가.'

　진자겸이 말했지 않나.

　그저 쓸모없는 기억들을 채워 넣었다고.

지금 아이란의 근간이 된 이 무공들 역시 그 쓸모없는 것들이다. 그러한 상황에서 나름 유용한 정보인 기억은 있을 리가 없었다.

"어렵군요."

"그래, 많이 어렵지."

아르낙스가 고개를 끄덕이며 동의했다.

"뭐, 어떻게든 되지 않겠어?"

"그러한 마음가짐이라면 최악의 상황이 닥칠 것 같습니다만?"

"괜찮아, 괜찮아. 끽해야 멸망이지. 그 외에 더 있겠어?"

"……."

그것을 걱정하는 것 아니었나.

아이란은 황당한 눈빛으로 아르낙스를 바라보았다.

아르낙스는 아주 느긋했다. 하품을 하며 맺힌 눈물을 훔칠 정도로 느긋했다.

"뭐, 최선을 다해도 안 된다면 결국 하늘에 바랄 수밖에."

아르낙스는 그 말을 끝으로 입을 다물었다.

아이란은 그의 마지막 말을 곱씹으며 회의를 경청했다.

열변을 토해내는 여러 인물.

그들의 이야기를 들으며 아이란은 자세한 상황을 파악했다.

그렇게 건진 이야기 중 가장 중요하다고 할 수 있는 것.

'진자겸이 모습을 드러내지 않았다.'

진자겸.

그로 추측되는 인물이 전장에 나타나지 않았다는 것이다.

'만일 그가 등장했다면 이미 끝난 전쟁이다.'

이런 말 하기 싫지만, 지금 가지고 있는 기억 속 진자겸은 천하최강에 일신의 능력만으로도 백만 대군과 같은 사내다.

아마 그가 나섰다면 그의 일 보만큼 전선이 뒤로 밀렸을 것이다.

아무리 인간의 수가 많더라도, 그것은 상대 역시 인간의 범주에 들어서 있을 때나 통하는 것. 인간이란 종을 초월한 자를 상대하는 것에는 사람의 수가 많고 적음은 전혀 중요치 않았다.

개미들이 수백, 수천, 수만이 모여봤자 사자 앞에선……

'아니, 진자겸은 사자 따위가 아니다. 창공의 용이다.'

종을 초월하는 신수.

용 중의 용이 바로 진자겸이다.

그러한 신수가 자신들을 향해 이빨을 내보이고 있었다.

"……래서 말이야."

"후우."

"그렇지? 한숨 나오지?"

진자겸을 생각하면 절로 한숨이 나온다. 그것을 자신의 이야기 때문이라 생각했는지 아르낙스가 맞장구를 바랐다.

'무슨 이야기였지?'

진자겸 생각에 듣는 귀도 닫아두었기에 아르낙스가 어떠한 이야기를 꺼냈는지 알 수가 없었다.

이럴 때 쓰는 방법은……

"예. 그렇죠."

"그치? 에휴, 나도 한숨밖에 안 나온다니까."

적당한 맞장구.

어쨌든 덕분에 아르낙스의 푸념을 잘 넘겼다.

*　　　　*　　　　*

아이란은 아르낙스와의 만담은 그만두고 회의에 집중했다.

위벨 황제와 자르카 대공을 주축으로 갖가지 전술을 짜내고 있었는데, 그것을 듣던 아이란의 머릿속에 한 가지 의문이 들었다.

'왜 마법을 사용치 않는 것이지?'

마법.

고대로부터 내려온 주술이 기원으로 오랜 시간에 걸쳐 발전되어 온 인간의 힘.

현대에 와선 전쟁에서 엄청난 위력을 발휘할 수 있을 정도로 발전되었지만, 오히려 그러한 이유로 전쟁에서 제한되었다.

마법이 사용된다면 발라티아의 사람 수가 급감할 수 있기에.

그것을 우려한 각 국의 수뇌부가 합의하여 전쟁이더라도 제한된 상황에서만 마법을 사용할 수 있게 제약했다.

만일 이 합의를 어길 시, 그 나라는 대륙의 공적이 된다.

'그러나 무 대륙의 침략은 발라티아 내부의 일이 아니다.'

어디까지나 마법은 발라티아의 사람들을 보호하기 위한 것.

다른 대륙의 침략자들에게 사용하는 것까지는 제한하지 않는다.

'아니, 그 협의를 가질 땐 무 대륙이 존재하는 것도 몰랐으니까.'

수백년 전 사람들이 무 대륙에 대해 알았을까?

당연히 알았을 리가 없다.

어쨌든 마법은 무 대륙을 상대하는 데 크게 도움이 될 것이다.

아마 지금도 사용할 수 있겠지. 그러나 아이란이 생각하는 것까진 사용하지 않을 것이다.

'틀림없다.'

아이란은 그렇게 생각하며 손을 들었다.

"저도 발언할 수 있겠습니까?"

"오, 그락서스 백작. 좋은 의견이 있으면 어서 말해보시오."

자르카 대공이 눈빛을 반짝였다.

"적들을 상대하는 것 말입니다……."

"음……?"

"마법을 사용하는 것이 어떻습니까."

"마법을 말하는 것이라면 지금도 병단을 운용하여 사용하고 있소."

'역시, 사용은 하고 있군.'

"혹 그것을 말하고 싶은 것이었소?"

실망하는 듯한 대공을 비롯한 다른 사람들.

"지금도 각 국의 여러 마법 병단을 운용하고 있소. 비록 많은 수는 아니지만 어느 정도 효용을 발휘하고……."

"제가 말하고 싶은 것은 협회를 끌어들이는 것입니다."

자르카 대공의 말을 아이란이 잘랐다.

"협회… 라면 마법 협회를 뜻하는 것인가."

"맞습니다, 황제 폐하."

"그러나 그들은 발라티아 회의에도 참가하지 않지 않나. 가입 의사를 물었을 때도 답을 보내지 않고 무시했지."

대륙 마법 협회.

오직 마법만을 연구하는 곳.

과거 대륙을 일통했던 최초의 통일제국 마기스탄의 황실 마법 협회의 후신으로, 제국이 분열되었을 때 수십 가지로 찢겼다가 몇 백 년 전 통일되었다.

그 후 통일된 마법 협회는 그저 자신들끼리의 생활만을 영위했다.

교류를 하는 것은 각 국의 마법 협회 정도로 절대 대륙의 일에 간섭하지 않았다.

그저 가끔 대륙적 차원에서 각 국에 조언자 역할을 하는 정도로, 전쟁에서의 마법 사용 제한도 이들이 이끌어냈다.

이들이 이렇게 된 이유는 과거 마기스탄 제국의 핵심으로 권력의 단맛을 보아 타락하여, 제국의 분열 때 분노의 직격을 맞은 것 때문.

그렇기에 다른 이들은 의문이었다.

"마법 협회가 과연 참가하겠소?"

"예, 분명 참가할 것입니다."

"물론 참가하면 아주 좋겠지. 마법에 미친 자들이 백도, 천도 아닌 만 단위로 존재하는 곳이니까. 그러나 그들은 대륙의 일에 간섭하지 않지 않나."

그들의 우려는 이제까지의 경우일 뿐.

대륙 전체의 멸망이 걸린 일이다.

그들 역시 죽고 싶지 않다면, 무 대륙을, 진자겸을 막는 것에 참가해야 한다.

"어디까지나 그들이 내거는 명분은 대륙 내부의 일에 가급적 참여하지 않는다는 것입니다. 그러나 이번 경우는 발라티아 내부의 문제가 아닌 외부의 세력이 발라티아를 침탈한 것. 외부의 문제이니 이 점을 들어 설득하면 될 것입니다."

"그러나 그들은 스스로의 활동을 제약했네. 그런 그들의 각오가 우리들의 설득 정도로……."

"그러한 제약의 범위를 뛰어넘은 위험이 닥친 상황입니다. 사실, 따지고 본다면 우리가 설득할 것이 아니라 마법 협회 측에서 이미 참여 의사를 통보해 왔어야 합니다."

"마법 협회가 참여하면 좋긴 하겠지만……."

마법 협회가 참여하면 어떠한 일을 할 수 있을지 생각해 본 자르카 대공. 그의 말투에 아쉬움이 가득하다.

'한 번에 적들을 몰살시킬 수 있는 폭격도 가능하겠지.'

적들을 좁은 곳에 몰아넣고 집중적으로 마법을 타격한다면?

물론 그것은 지금도 가능하다.

'그러나 협회가 참여한다면 굳이 유인책을 쓰지 않아도 된다.'

현재 전장은 드넓은 평원.

만일 협회가 참여한다면 땅을 뒤엎을 정도의 폭격이 가능하다.

제아무리 무공의 고수라도 거대한 평원을 가득 메우는 불벼락을 어떻게 피하겠는가.

크나큰 타격은 줄 수 없어도 어느 정도 타격을 입히는 것만으로도 충분하다.

홀로 다섯을 상대할 수 있는 상대를 넷, 셋밖에 상대할 수 없게 만드는 것만으로도 이득이니까.

"그들의 의사를 다시 물어보아야겠군."

위벨 황제의 말.

그런데 다시?

"사실 그락서스 백작과 같은 의견이 나오지 않은 것은 아니네. 개전 초기 발라티아 회의의 이름으로 협조를 요청했었지."

"아아……."

역시 사람 생각은 다 거기서 거기인 것 같다.

기껏 의견을 내었더니 이미 나왔던 의견.

'그리고 결과를 보아 실패했겠지.'

"뭐, 다시 한 번 보내보는 것도 괜찮지 않겠소?"

"그런 의미에서……."

위벨 황제와 아이란의 눈이 마주쳤다.

"백작이 한 번 다녀오는 것이 어떻소?"

"예, 알겠……."

"그것은 힘들겠군요."

어찌 되었든 자신이 이야기를 꺼냈으니 책임을 져야 한다.

자신이 이끄는 제후군은 아르낙스에게 맡겨두어도 되기에 아이란은 승낙하려 했다. 그런데 누군가 그의 말을 잘랐다.

스륵.

어느새 회의실 가운데 한 사람이 서 있었다.

깔끔하고 매끄러운 재질의 옷을 입고 있는 중년의 얼굴을 가진 남자.

특이 사항이 있다면 그의 머리칼과 수염으로 허리까지 오는 하얀 머리칼을 끈으로 단정히 묶고, 치렁치렁한 흰색 수염은 그의 나이 대답지 않게 가슴을 넘어선다.

전체적으로 노년과 중년의 모습이 섞인 것 같은 남자이다.

갑작스런 외부인의 등장에 자리가 웅성웅성하다.

척!

경비병들이 무기를 빼 들어 남자에게 겨누었다.

"워워, 그러한 것은 함부로 겨누는 것이 아닙니다. 거둬주시지요."

남자의 말에 경비병들의 손에 힘이 더욱 들어간다.

그러한 상황 속에서 반응을 보이는 몇몇 이.

"당신은……."

위벨 황제를 비롯하여 자르카 대공 등이 그를 알아본 듯 표정이 달라졌다.

그 모습을 바라보는 남자의 미소를 지었다.

"로우트 경."

"오랜만에 뵙습니다, 여러분."

휙.

정중하게, 아주 정중하게 인사를 올린다.

한쪽 다리를 뒤로 빼고, 반대쪽 다리를 굽히며, 손은 가슴에서 모아 올리는 인사.

로우트 경이라 불린 남자의 미소가 짙어졌다.

"일전에 만남을 가진 분도 많지만, 오늘 처음 만나 뵙는 분도 많기에 여러분께 본인의 소개를 올리겠습니다."

그가 한 사람, 한 사람과 눈을 마주친다. 그리고 아이란과 눈이 마주쳤을 때.

'아!'

아이란은 그의 눈빛에서 무엇인가를 느꼈다.

언어로 표현할 수는 없지만, 분명히 무엇인가를 느꼈다.

"본인의 이름은 로우트 마르키스. 부족하지만 대륙 마법 협회를 맡고 있습니다."

"아!"

"마법 협회장!"

사람들은 로우트의 정체에 대해 깜짝 놀랐다.

마법처럼 나타난 남자. 그 정체는 그 모습에 걸맞게 마법 협회장이다. 그러나 그의 정체는 그것이 끝이 아니다.

"그런데 마르키스라면……."

그것을 알아챈 것인지 몇몇 이가 그의 성을 되새겼다.

"분명 시제국의……."

시제국.

그것은 이 땅 최초의 통일한 나라이자, 최초로 제국이라 칭한 국가인 마기스탄을 의미하는 말.

로우트의 성 마르키스, 그것은 마기스탄과 관련이 깊은 성인듯했다.

"분명, 시제국 황가의……."

시제국의 황가란 바로 마기스탄의 황실을 의미. 그렇다면…….

"후후, 마기스탄 황실의 성인 마르키스. 맞습니다, 본인은 마기스탄 황실의 후손이 맞습니다. 다시 한 번 잘 부탁드리겠습니다."

"아아!"

"이럴수가!"

로우트의 말에 사람들이 깜짝 놀랐다.

"마기스탄이 분열되었을 때 시제국 악마의 핏줄은 끊긴 것이 아니었단 말인가!"

"아아, 악마가 다시 돌아왔다!"

대혼란.

아비규환.

혼돈의 구렁텅이에 빠진 회의실 속엔 멀쩡한 사람보다 멀쩡하지 않은 사람이 대다수.

"격한 환영, 감사합니다."

그 모습을 바라보며 로우트 마르키스는 다시 한 번 정중히 인사를 올렸다.

*   *   *

잠시 후, 위벨 황제와 자르카 대공이 사람들을 진정시켰다.

"후후, 시제국은 어디까지나 과거의 잔재. 지금의 저와는 전혀 상관없는 일입니다. 지금의 저 로우트는 오로지 대륙 마법 협회의 협회장일 뿐. 마기스탄을 다시 세울 생각도 없으며, 만일 다른 누군가에 의해 마기스탄이 부활한다고 하더라도 저는 전혀 상관하지 않을 것입니다."

로우트 경의 말에도 다른 사람들의 시선엔 의심의 감정이 들어 있다. 그러나 로우트 경은 전혀 신경 쓰지 않았다.

싱긋.

오히려 사람 좋은 미소와 함께 그는 박수를 한 번 쳤다.

짝!

"자, 그럼 모처럼 제가 이곳에 온 이유를 말해볼까요?"

"말해보시오."

위벨 황제가 허락하자, 로우트 경은 그에게 눈인사로 감사함을 표하고 말을 이었다.

"타 대륙의 침략이라는 발라티아 역사상 유래없는 위기를 맞은 지금, 이번 경우에 한하여 대륙의 일원으로서 대륙 마법 협회는 발라티아 회의에 참가하겠습니다."

로우트 경의 말.

이번 전쟁에 한해 대륙 마법 협회가 전쟁에 참여하겠다는 것.

"고맙습니다, 로우트 경. 협회는 정말 큰 힘이 될 것입니다."

"후후, 감사합니다. 그락서스 백작님."

아이란의 감사 인사에 로우트 경이 아는 척을 해왔다.

"아, 저를 아십니까?"

"예. 당연, 유명하신 백작님을 모를 리 없지요. 저희는 대륙 전역에 눈과 귀를 열어둔답니다. 그라나니아 역시 예외가 아니지요. 백작께서 펼치셨던 수많은 활약과 여기 계신 황제 폐하와 얽힌 이야기를 전부 파악하고 있습니다."

"아."

사실이라면 무서운 이야기.

퍼질 대로 퍼진 이야기를 제외하더라도, 이 남자는 그를 어디까지 파악하고 있는 것인가.

자연 아이란의 눈초리가 가늘어진다.

로우트 경은 그 눈빛을 피하지 않고, 웃음으로 맞받아쳤다.

"게다가 사르딘도 좋아하구요. 대륙에선 구하기 어려워 그런데, 나중에 몇 상자 제게 파실 수 있겠습니까?"

"아, 그렇습니까? 그렇다면 후에 하인들 편으로 경께 사르딘을 보내겠습니다."

"아아, 감사합니다. 값은 확실히……."

"아닙니다. 작은 선물로 받아주시지요."

"그렇다면, 감사히 받아들이겠습니다."

툭툭.

"이야, 인기 좋은데? 우리 영지도 그런 것 하나 만들어야겠어. 뭐 좋은 생각 없어? 너만 먹고 살지 말고, 나도 같이 먹고 살자."

소곤소곤.

아이란에게만 들릴 정도의 아르낙스의 목소리.

"하하……."

아이란이 할 수 있는 것은 웃음을 흘리는 것밖에 없었다.

어쨌든 그렇게 대륙 마법 협회가 발라티아 회의에 가담했다.

이번 무 대륙 침략 한정이지만, 그들은 크나큰 힘이 될 것이다.

CHAPTER
10

당랑거철(螳螂拒轍).

사마귀가 수레바퀴를 막는다는 뜻.

자신의 힘은 헤아리지 않고 강자에게 함부로 덤빈다는 뜻.

—고사성어(故事成語)

우와아아아아!!

함성과 함께 가지각색의 갑옷을 입은 병사들이 반대 진영을 향해 돌격했다.

그에 맞서 상대 진영 역시 돌격했다.

병력의 숫자는 앞서 돌격한 쪽이 월등히 많지만, 질은 그렇지 않았다.

체계적으로 훈련된 탄탄한 몸과 그로 인한 자신감. 그것이 그대로 표출되는 날카로운 눈빛.

정예 중의 정예 병사이다.

서걱!

창을 내지른 발라티아 연합 병사를 향해 검으로 반격한 무의 병사.

검날은 그대로 창날을 튕겨 버리고 목을 취했다.

그것이 그날 최초의 희생이자 지옥의 시작이었다.

좌라라라라!!

한 손이 두 손을 막을 수 없다는 것이 틀렸다는 것을 증명하듯, 찔러오는 여러 개의 창날을 전부 막아내는 무 측 병사. 그대로 그는 반격까지 감행, 발라티아 측 병사들은 비명을 지른다.

이러한 양상이 전장 전체에 걸쳐 진행된다.

비명이 솟구치지만 대다수는 발라티아 측 병사의 비명.

가끔 가다 감당치 못할 정도로 늘어난 공격에 당한 무 측 병사의 비명이 들려왔지만, 절대적으로 발라티아 측의 희생이 크다는 것에는 변함없었다.

그때 일단의 병력이 나섰다.

철로 된 무기 대신 나무로 된 지팡이를 들고 있는 이들.

각 국의 마법 병단이었다.

화르륵!

그들의 지팡이 끝에 박힌 보석으로부터 불덩이가 하늘로 쏘아져 나갔다.

그것은 그대로 포물선을 그리며 지상으로 충돌, 폭격이 되어 무 측을 공격했다.

간간이 발라티아 측도 피해를 입긴 했지만 무 측에 꽤 피해를 준 것은 절대 부정할 수 없는 사실.

불덩이를 피하고 막느라 무 측 병사들의 체력이 많이 빠져 조금 전보다 발라티아 병사들이 상대하기 수월해졌다.

덕분에 다섯 명이서 창을 찔러 넣어야 겨우 통하던 것이 세 명이서 찔러 넣어도 통할 수 있게 되었다.

물론 겨우 동수를 이루는 것뿐.

여전히 상황은 발라티아 측에 좋지 않았다.

설상가상.

무 측의 진영이 갈라지며 새로운 병력이 투입되었다.

전신을 검게 물들인 갑옷으로 무장한 채 무기 역시 검게 무광으로 물들인 이들.

틀림없다.

'저들이 바로 '흑기사' 들인가.'

회의 수뇌부들이 말하던 흑기사.

나타나면 무시무시한 위력을 보여준다던 흑기사들이 틀림없었다.

촤악!

그들의 일검, 일검에 발라티아 측 병력들이 손도 못 쓴 채 죽어나간다.

저들.

단순한 무병 수준이 아니다.

신마성의 정예 무력 단체가 틀림없었다.

'저들이 쓰는 무공은 암천 계열인가……'

암천은 암천각이라는 신마성의 무력 단체에서 주로 사용하는 무공들의 명칭으로, 신마성의 무공 중 순수하게 전투를 위한 마공이었다.

그러한 설명답게 전장에서 사용하기 가장 효율이 좋았다.

아이란이 그락서스의 기사들에게 보급한 타이런트 메이스 등 역시 암천 계열이라고 할 수 있었다.

'흠, 저들이 나타났다는 것은……'

이쪽이 준비한 수 역시 조금 더 빨리 꺼내야 한다는 것을 의미.

과연 아이란의 생각대로 발라티아 측 진영에서 변화가 일어났다.

엄청난 양의 대기 중 오로라가 사라지고 있다.

아니, 정확히는 마법이란 기술로 변화되고 있었다.

무수히 많은 마법사들.

각 국의 마법 병단을 모두 합친 것보다 더욱 많은 마법사가 통일된 복장을 가진 채 지팡이를 하늘 높이 뻗고 있었다.

바로 로우트 경의 대륙 마법 협회 측 마법사들.

그들의 지팡이가 주변 대기의 오로라를 빨아들이고, 그들이 서 있는 대지에 새겨진 마법진은 더욱 발광한다.

심상치 않음을 느낀 무 측.

흑기사들을 비롯해 무 측 병사들이 움직이는 속도가 빨라졌다. 그러나 후퇴하지는 않았다.

발라티아 측이 준비한 것이 무엇인지는 몰라도, 후퇴를 한다면 더욱 큰 피해를 입음을 본능적으로 알고 있는 것이다.

실제로 후퇴한다면 후퇴하는 그들을 향해 수없이 많은 마법의 폭격이 떨어질 것이다.

상대가 후퇴 중인만큼 발라티아 측의 피해는 줄어들 것이고. 그러나 무 측은 후퇴하지 않고 더욱 붙어왔다.

그리고 그것은……

'희생.'

처음 계획이 입안되었을 때 아이란은 반대했었다.

최소한의 희생으로 끝낸다지만, 아군에도 막대한 피해를 끼치는 방법이기에. 그러나 수뇌부는 그것을 받아들였다.

아이란과 아르낙스 등이 반대를 했지만 다수결의 원칙에서는 어쩔 수 없었다.

어찌 되었든 그 계획은 통과했고, 지금 이 순간 실행 중이었다.

슈우우!

마침내 발휘되었다.

거대한 막이 발라티아 측 병사들을 감쌌다.

바로 뒤에 있을 폭격으로부터 그들을 보호할 보호막. 그러나 보호막의 보호를 받지 못하는 병사도 상당수였다. 그러나 마법은 계속 진행되었고.

슈슈슈슈슈슉!

마침내 수많은 불덩어리가 포물선을 그리며 쏘아졌다.

조금 전과 같은 광경이라고 할 수 있으나, 실제로 본다면 전혀 다르다.

수십, 수백을 넘어, 수천 단위의 불덩어리가 쏘아지고 떨어지는 그 광경은 하나의 장관.

전쟁 중만이 아니라면 넋을 놓고 보기에 충분한 광경이다.

그러나 그것은 결코 아름다운 것이 아니다.

쾅! 콰쾅!

화르륵!

으아아아악!

이제까지와는 비교도 할 수 없을 비명들.

전장 전역에서 비명이 쏟아져 나온다.

"……."

그 광경을 바라보는 아이란의 심정.

'참담하다.'

말 그대로 참담하다.

승리를 위해 인간으로서 가져야 할 것을 포기한 것 같다.

왜 전쟁에서 마법이 제한되었는지를 극명하게 보여준다.

무시무시한 살인 기술.

그것이 바로 마법.

그 암담함을 곱씹고 있을 때.

슈우우우!

다시 한 번 대기 중의 오로라가 마법진 쪽으로 빨려 들어갔다.

또 한 번의 대규모 마법이 준비 중인 것.

아비규환의 지옥에서 더한 지옥도를 탄생시킬 것이 분명하다.

슈우우우우우!

오로라의 응집이 끝이 나고.

슈슈슈슈슈슈슈슈!

또다시 불꽃이 포물선을 그리며 쏘아졌다.

불꽃의 최고조, 낙하를 시작하려던 순간.

팍!

하늘을 가득 메우던 불꽃이 사라졌다.

"······"

"……."

전장에서 뒹구는 이들을 제외하고 비교적 안전한 곳에서 그 모습을 지켜보던 이들은 갑작스런 기현상에 할 말을 잃었다.

"뭐… 뭐지?"

어느 누가 얼빠진 소리를 내며 물었으나 답을 해줄 수 있는 이는 아무도 없었다.

대체 무엇일까.

왜 불꽃이 사라졌을까.

모두의 머릿속에 새겨진 의문이다. 그러나 아무도 답을 내릴 수 없었다.

단 한 사람을 제외하고선.

아이란.

그는 이 기현상의 이유를 알고 있었다.

어떻게 한 것인지는 그도 모른다. 그러나 이러한 현상을 일으킬 수 있는 존재는 알고 있었다.

'진자겸…….'

초월에 달한 초월자, 진자겸.

그가 틀림없었다.

이러한 이적을 일으킬 수 있는 것은 초월에 달한 자뿐이기에.

지금 이 자리에서 초월자는 오직 그뿐.

그동안 전장에 나타나지 않던 그가 지금 전장에 강림했다.

"진정한 시작이로군……."

우둘투둘, 전신에 소름이 돋았다.

이성이 외치고 있었다.

도망치라고.

제발 도망치라고.

'그러나 나는 도망칠 수 없다.'

그것이 그의 의무이기에.

아이란은 결코 도망칠 수 없었다. 그의 눈은 날카롭게 적의 진영을 응시한다.

쿵, 쿵!

무 측의 진영이 반으로 갈라졌다. 그리고 그 틈을 통해 한 존재가 모습을 드러냈다.

오만.

세상을 발아래 꿇린 것 같은 사내.

"진자겸."

진자겸.

그의 등장이었다.

＊　　　＊　　　＊

"재미있군."

세상을 오시하는 미소와 함께한 그의 첫 한마디였다.

"마법이라… 그 단순하던 주술이 이렇게 발전했을 줄이야. 놀랍도다."

꿀꺽.

분명 칭찬이다. 그러나 칭찬이 아니다.

"조금은… 지루한 것을 잊을 수 있을 것 같군."

우우웅!

그 말과 함께, 조금 전 협회의 마법사들이 마법을 사용할 때와 같이 대기 중의 오로라가 급속도로 사라져 간다.

아니, 새로운 형태로 변화한다.

두두둥!

"아……!"

"말도 안 돼……!"

"이럴 수가……!"

조금 전과 같이 수백, 수천의 불덩어리가 생겨났다.

차이점이 있다면 조금 전의 불덩어리는 아군의 불덩어리였고, 이번 불덩어리는 진자겸이 만들어낸 것이란 것. 그리고 붉은 화염이 아닌 검은 화염이라는 것 정도.

"그럼 되돌려 줄 시간이겠지. 받아보시게."

그 말과 함께, 검은 불꽃들은 하늘을 장식하는 유성이 되어 연합군 측에 작렬했다.

"크악!"

"으아악!"

비명과 비명. 끝없는 비명의 연속.

사람의 신체가 부서지고, 대지가 터져 나간다.

단 한 사람, 단 한 번의 공격.

그것에 의해 연합군의 삼분지 일이 초토화되었다.

이미 연합군 수뇌부들은 딱딱하게 굳었다.

언제나 여유로울 것 같던 아르낙스와 로우트 등도 마찬가지.

위벨 황제와 자르카 대공은 심각한 표정을 짓고 있었다. 아니, 심각한 표정을 짓지 않는 것이 이상할 것이다.

"후후, 왜 그러나?"

그런 그들을 놀리는 듯 평온한 진자겸의 목소리.

"이제 겨우 시작일 뿐인데 그리 놀라서는… 이거 실망스럽군?"

'아니, 그는 우리를 놀리고 있다.'

슈슈슈!

또다시 하늘 위로 검은 유성이 장전되었다.

그 모습을 바라보는 생존자들에게 더 없는 무기력함이 찾아온다.

발버둥 칠 수도 없을 정도의 절망이 덮쳤다.

그때 로우트 경이 마법사들에게 무어라 외쳤다.

협회뿐 아니라 각 국가 소속의 마법사들까지 지팡이를 들어 올렸다.

"그럼, 한 번 더 즐기시게."

슈슈슈슈슈!

하늘 높이 날아오르는 검은 유성.

그것이 최고조에 달했을 때.

모두들 눈을 질끈 감았다.

이제 곧 닥칠 고통과 죽음을 생각하며.

그때.

지이이잉!

푸른 돔이 솟아나 발라티아 측을 감쌌다.

"호오?"

제법이라는 듯 반응을 보이는 진자겸. 그러나 그 반응은 어디까지나 재롱을 떠는 어린아이를 보는 시선이었다.

슈슈슈슈슈슉!

검은 유성들의 낙하가 시작되고, 이어 유성이 보호막을 두들기기 시작했다.

콰콰콰쾅!

콰콰콰콰콰쾅!

검은 유성이 쉴 새 없이 보호막을 두들긴다.

깨질 듯 깨지지 않을 듯 유지되는 보호막.

폭발 소리는 들리지만, 덮치지 않는 고통에 눈을 뜬 병사들이 자신을 감싸는 보호막을 발견했다. 그리고는 제발 이 보호막이 깨지질 않길 빌었다.

그러한 이들의 기도를 들었던 것일까.

마지막 유성이 떨어질 때까지 보호막은 깨지지 않았다.

"제법이군."

진자겸으로부터 또 한 번의 칭찬이 날아왔다. 그러나 그 대상인 로우트 경을 비롯한 마법사들은 완전히 지쳐 버려 그 칭찬에 답할 수 없었다.

대신.

다른 이들이 그 칭찬을 받기 위해 움직였다. 그리고 그중에는 아이란 역시 있었다.

진자겸.

그를 막기 위한 특공대.

아이란을 비롯해 아르낙스와 위벨 황제 등 연합군 최강의 전력.

그곳에는 그락서스의 검은 매 기사단과 아르낙스의 월계수 기사단, 위벨 황제의 황제 수호 기사단 등 연합군 최강의 무력단체들 역시 함께했다.

"오는구나, 광대들아."

자신을 향해 분주히 달려오는 이들.

이 세상에서 자신의 마지막을 장식하여 줄 소중한 광대들이다.

그들을 막아서려는 진자겸의 휘하를 진자겸이 말렸다.

"오게 두어라. 나의 검이 굶주렸다."

선두에서 다가오는 아이란.

그를 바라보며 진자겸의 눈이 번쩍였다.

*   *   *

화악!

진자겸에게 향하는 길.

커다란 장벽을 예상했으나 오히려 장벽은 문을 열어주었다.

무혈입성. 그러나 문의 안에서 기다리고 있는 것은 무혈입성의 성과로도 감당이 되지 않는 대재앙.

꿀꺽!

누군가 침을 삼키는 소리가 천둥과 같이 모두의 고막을 울린다.

그만큼 긴장 상태.

그것은 대재앙과 정면으로 조우하였을 때 최고조에 달했다.

"오라, 광대들이여. 여가 상대하여 주마."

진자겸이 유창한 발라티아의 언어로 그들을 도발했다.

아이란을 통해 발라티아의 문화를 습득하였기에 이러한 언어는 문제없었다.

"광대라. 감히 야인 주제에 본 황제에게 그러한 말을 올리다니 불경하도다."

제일 먼저 나선 것은 위벨 황제였다. 그의 말에 진자겸이 빙긋 미소를 지었다.

"후후, 불패무적신의 환생이라고 하였나. 과거의 패자가 되살아났으나, 그것은 어디까지나 잔재에 불과. 지금의 힘 앞에 바스라지리라."

"길고 짧은 것은 대어보아야 알 수 있는 일!"

그 말과 함께 위벨 황제가 달려들었다.

'내가 할 수 있는 것을 한다.'

위벨 황제.

그도 잘 알고 있었다.

진자겸 그와는 도저히 따라 잡을 수 없는 격차가 있다는 것을.

당랑거철(螳螂拒轍).

사마귀가 수레바퀴를 막는다는 말.

미약한 자신을 헤아리지 않고 강자에게 덤벼드는 것을 뜻한다.

평소 그는 수레바퀴의 입장이었다. 그러나 오늘은 사마귀.

그것도 매우 거대한, 산과 같은 수레바퀴에 맞서는 미약한 개미와 같은 사마귀이다.

'그러나 사마귀 역시 칼날을 가지고 있다!'

사마귀의 날카로운 칼날.

곤충을 베고 포식하는 포식자의 칼날.

그 힘을 단 한 번의 일격에 집중한다.

위벨 황제.

그의 전신으로부터 다섯 개의 기운이 빛의 기둥이 되어 솟구쳤다. 그리고 그 기둥 속에서 다섯 개의 기운을 상징하는 용들이 강림했다.

불패오신기.

그의 형제인, 슐레스비히 공작과는 차원이 다르다.

불완전한 그와 다르게 완전한 불패오신기를 잇고 있는 위벨 황제. 마법 따위를 뒤죽박죽 섞을 필요 없는 순수한 불패의 힘!

쿠오오오!

붉고, 푸르며, 검으며, 하얀 네 마리의 용들이 진자겸에게 쏘아진다.

진자겸은 피식 미소만 흘릴 뿐, 아무런 저항도 하지 않았다.

화락!

용들이 그대로 각각 진자겸의 사지를 결박. 진자겸은 용들에게 결박당해 공중에 떠올라 저항이 봉쇄되었다.

외관으로 보기엔 진자겸의 절체절명의 상황. 그러나 무 측은 아무도 움직이지 않았다. 오히려 평온히 진자겸을 바라본다.

그것엔 진자겸에 대한 무한한 믿음. 그 어떤 공격을 당하더라도 멀쩡할 것이라는 진자겸에 대한 믿음이 서려 있었다.

'그 믿음을 부수어주겠다!'

위벨 황제.

그의 결심!

크롸라라라라!

마지막 남은 황룡이 입을 벌리고, 날카로운 이빨이 모습을 드러낸다. 그리고 그 속에 자리한 빛의 구슬.

여의주.

용이 가지고 있는 보배.

평소 자연을 관장하고 사람들에게 은혜를 내리기 위한 물건이었던 여의주가 오늘은 파괴의 활동을 가진다.

화아악!

여의주에서 빛이 발광했다. 그리고 곧바로⋯⋯.

화르르르륵!

억겁의 불꽃이 되어 진자겸에게 쏘아졌다.

푸화아아아악!

그것을 진자겸은 그대로 맞았다.

"우와!"

"됐어!"

"해치웠다!"

사람들의 기뻐하는 반응. 그러나 이러한 반응 뒤에 찾아오는 전형적인 클리셰가 있다.

"겨우 이 정도인가?"

아직도 용의 불꽃이 지속되어 진자겸을 태우고 있었다. 그러나 불꽃 속에서 너무나도 평온한 음성이 들려온다.

"⋯⋯."

잠시 후.

용으로부터 불꽃이 끊겨 사그라졌을 때.

그들은 한 점의 흐트러짐조차 없는 멀쩡한 진자겸의 모습을 볼 수 있었다. 그러나 위벨 황제는 절망하지 않았다.

이미 예상했다.

어디까지나 자신은 거대한 수레바퀴에 덤비는 사마귀가 아닌가.

오히려 이것이 통했다면 너무나도 싱거웠을 것이다.

아직 사마귀들의 반란은 끝이 나지 않았으니까.

"펼쳐라!"

황제의 명령에 황제 수호 기사단이 움직였다.

그들 역시 그락서스의 검은 매 기사단과 같이 위벨 황제로부터 가르침을 받은 이들.

그들 역시 불패오신기를 익힌 몸.

그들이 진형을 펼친 후 불패오신기를 운용하기 시작한다.

거대한 진형은 그 자체로 하나의 진법이 되고, 진법의 효능은 힘의 전달.

그 대상은 당연 위벨 황제.

황제로부터 퍼져 나간 힘이기에 무리 없이 기사들의 힘을 받아들인다.

하나의 물방울이라 하더라도 모이게 된다면 호수가 되고 바다가 된다.

그것처럼, 기사들의 힘이란 물방울이 위벨 황제라는 바다를 채웠다.

다시 한 번.

사마귀가 다시 한 번 칼을 갈아 수레바퀴에 달려든다. 그리고 사마귀는 그뿐만이 아니다.

"가자!"

"으아아아!!"

아르낙스를 비롯하여 무력에 자신 있는 이들, 대륙에 이름난 무인들이 함께한다.

아르낙스가 그의 거대한 광검 두 자루를 뽑아내어 달려들고, 자르카 대공 역시 한 번도 보여주지 않던 본신의 실력을 보여준다.

그 외, 연합 각 국의 수많은 벨라토르가 저마다의 힘을 보인다.

수레바퀴를 멈추기 위해 모인 수없이 많은 사마귀.

짓밟히고 또 짓밟혀도, 또 달려드는 사마귀들.

그 바스라지는 시체로 벽을 쌓아 수레바퀴를 멈추는 무모한 짓을 계속한다.

그 모습을 아이란은 바라본다.

그의 역할은 저 무모한 돌진에 동참하는 것이 아니다.

연합군 최강의 무력을 가진 그이기에 조금 더 신중히 움직인다.

사마귀들이 수레바퀴에 달려들어 조그마한 틈이 생길 때, 그 틈을 파고들어 바퀴를 부수는 것이 그의 역할.

아이란은 바라보고 또 바라본다.

자신의 역할을 발휘할 때를 위하여.

저 저주받은 수레바퀴를 끊을 때를 위하여.

그리고…….

"지금."

아이란이 대지를 박찼다.

CHAPTER
11

최후.

最後.

타앗!

아이란이 대지를 박찼다.

그와 함께 그의 뒤에서 공간이 열리고 한 존재가 나타난다.

로물루스.

신족의 왕좌를 되찾은 자.

그가 아이란과 하나가 되고, 그들은 진자겸에게 돌진한다.

"왔군."

파앙!

진자겸.

그의 몸을 중심으로 거대한 폭발이 일었다.

크아아악!

으아아아악!

그것은 그대로 자신을 향해 달려드는 이들을 덮쳐, 튕겨냈다.

그중에는 위벨 황제는 물론 아르낙스까지 있어 위력이 얼마나 대단한지 알 수 있었다. 그러나 그런 것에 아랑곳하지 않는 아이란/로물루스.

그들은 그대로 검을 빼 들어 진자겸을 찍어버린다.

카아아아앙!

어느샌가 진자겸의 손에 들려 있는 검.

진자겸은 그 검을 두 손도 아니고 한손으로 잡아 아이란/로물루스의 참격을 막았다.

[큭!]

'큭!'

닥쳐오는 반동.

외견상과는 정반대.

분명 타격은 진자겸 쪽이 받아야 하건만, 두른 철갑이 떨어져 나갈 것 같은 고통이 아이란/로물루스를 타격한다.

그러나 그들은 참고 또 참아낸다.

지금 이 자리에서 밀린다면 그것으로 끝이다.

이겨야 한다.

승리해야 한다.

그것을 위해선 오직 공격뿐.

초월에 달한 초월자. 그의 공격 일수, 일수 역시 초월의 일격이다.

그 공격에 적중당한다면 아무리 로물루스와 함께한다 하더라도 버틸 수 있을지 확신이 서질 않았다.

그렇기에 뼈와 살이 분리되는 고통, 영혼이 떨어져 나가는 고통을 참으며 일격에 일격을 더하여 계속해 공격을 날린다.

콰앙!

쾅, 쾅!

콰아아앙!

베고, 찍고, 발로 차기까지 했다. 그러나 통하지 않는다.

아이란/로물루스의 공격에 가볍게 검을 가져다 대는 것만으로도 진자겸은 단 한 줌의 피해도 없이 막아버린다.

"겨우 이 정도뿐인가?"

조롱. 그러나 아이란/로물루스는 그 조롱을 맞받아칠 여유조차 없다.

지금 이 순간에도 검을 휘두르기 바쁘기에.

단 한 번이라도 공격을 적중시키기 위해.

"흐음."

그러나 그것을 진자겸은 별 감흥 없이 막아낸다.

'젠장!'

인간들의 전쟁에서 절대 거신을 꺼내지 않겠다는 그 맹세를 저버리고 거신을 소환했다. 그러나 지금 생각해 본다면 그것은 오만이고 또 오만이었다.

초월이라는 성취를 달성한 초월자. 그것은 말 그대로 종을 초월한 자.

인간으로 태어났지만, 더 이상 인간이 아니게 된 자들.

그러한 자를 상대하는 데 거신을 꺼낼지 고민했었다니.

뼈저리게 오만이었음을 느낀다. 그리고 절망했다.

거신과 함께하는데도 제대로 된 타격을 주지 못하고 있었다.

로물루스와 함께 이겨낸 시련들이 스친다.

언제나 이겨내 왔던 그 순간들. 그러나 지금 이 순간은 끝없는 무력감만이 함께한다. 도저히 이길 수 있을 것 같지 않다.

'과연 이길 수 있을까⋯⋯.'

이러한 생각이 그를 지배한다.

그때!

[아이란!]

천둥과도 같은 호통이 아이란을 깨웠다.

[무엇을 생각하는가!]

로물루스.

그가 분노했다.

그 분노의 대상.

그것은 자신들을 조롱하는 진자겸이 아닌, 자신의 계약자를 향했다.

[그대가 패배를 생각하면 어찌 되는가! 모두의 노력을 저버릴 생각인가! 그러한 생각을 한다면 차라리 목을 내밀어라. 저자 대신 내가 나약한 그 목을 베어주겠다!]

'미안하다……'

로물루스의 호통에 아이란이 사과했다.

[지금은 어떻게 해서든 이길 생각만 해라.]

'알겠다.'

대답은 했다. 그러나 쉽게 되지 않는다.

패배가 확실시되는 상황이었으니까.

도저히 이길 수 있을 것 같지 않다.

'그러나, 나는 이겨야 한다.'

로물루스의 호통이 효과가 있었다.

새롭게 각오를 다지는 아이란.

그것이 힘이 되어 검에 힘이 실린다.

"호오!"

그것을 느껴 탄성을 보인 진자겸. 그를 향해 새로운 일격이
작렬!

콰앙!

"이제 좀 재밌게 되었군."

진자겸.

그의 발밑으로 고랑이 살짝 생겼다. 그의 몸이 약간이나마
밀린 것.

처음으로 얻어낸 성과였다.

"그럼, 조금쯤은 힘을 실어보실까."

스윽!

진자겸의 아이란/로물루스 향해 검을 겨누었다. 아이란/로
물루스는 재빨리 뒤로 몸을 물렀다.

그것을 진자겸은 제지하지 않고 자신의 할 것을 한다.

"잘 보아두도록. 이 세계에서 처음이자 마지막으로 펼칠,
여의 검이니까."

덜덜.

그 빛을 본 모두의 몸이 덜덜 떨렸다.

아이란/로물루스와 같은 경지에 오른 무인들은 본인의 몸
을 제어했지만 그것은 극소수에 불과했다.

일반 병사들과 기사들, 심지어 무 대륙 측의 무병들 역시
몸을 떨었다.

꿀꺽.

침을 삼키고 싶지만 삼킬 수가 없다.

전신의 신경들, 근육 한 올 한 올이 다가올 공격을 막는 데 집중되었다. 필요 없는 행동에는 조금의 힘도 쓸 수 없었다.

"그럼, 막아보시게."

진자겸이 높이 검을 들었다가, 천천히 내렸다. 그리고 아이란은 미칠 듯이 다가오는 위험을 느꼈다.

카아아아아아아앙!

오른손으로 검을 들어 올리고, 왼손으로 검날을 받쳐 막았다.

[크으으!]

'크으으으으윽!'

비명을 지르고 싶다. 그러나 비명을 지를 힘까지 전부 방어에 동원했다.

진자겸이 가볍게 검을 휘둘렀을 뿐이다. 그러나 그 위력은 상상을 초월.

쩡!

마침내, 버티지 못한 아이란/로물루스의 검이 부서지고, 그들이 땅바닥을 뒹굴었다.

[크으!]

몸을 일으키려 하나 말을 듣지 않는다.

바닥을 구르는 그들의 시선이 자연 바닥을 향했다. 그리곤 경악했다.

"......!"

대지.

대지가 쪼개져 있었다.

아이란/로물루스가 서 있던 자리부터 시작해 족히 몇 백 미터가 쪼개져 있었다.

"한 번 더 갈까?"

스윽!

다시 한 번 가볍게 베는 진자겸.

그 즉시 아이란/로물루스는 땅바닥을 뒹굴어야 했다.

스아아아악!!

또다시 수백 미터의 대지가 갈라졌다.

'피해냈다!'

그러나 그들은 쉴 수 없었다.

진자겸의 공격은 계속되었으므로.

아이란/로물루스는 쉬지 않고 대지를 뒹굴었다.

스아아!

스아아아악!

조금이라도 멈춘다면 갈라지는 것은 대지가 아닌 그들이

될 것이다. 그러나 언제까지 이렇게 땅바닥을 뒹굴 수는 없었다.

기회.

기회를 잡아야 한다.

아이란/로물루스의 모든 것을 쏟아낼 수 있는 기회.

라르-엘라수스.

그가 준 힘을 발휘할 수 있는 기회.

'제발! 한 번 더 나에게 기회를!'

주어진 무거운 운명에 맞서 다시 싸울 기회를!

간절한 그의 바람.

그것을 들어주기 위해, 누군가가 움직였다.

타앗!

상대가 되지 않을 것을 알면서도 진자겸에게 달려드는 남자.

그의 이름은 발론.

그락서스의 검은 매를 이끄는 자!

주인을 수호하기 위해 그가 달렸다! 그리고 그 뒤를 따라 검은 매들 역시 함께했다.

하나가 둘이 되고, 둘이 셋이 된다.

그 숫자는 갈수록 늘어났다.

아르낙스와 월계수들이 뒤따르고, 위벨 황제와 그의 수호

자들, 자르카 대공을 비롯한 연합군들이 움직였다.

아이란.

그에게 단 한 번의 기회를 만들어주기 위해.

이 드넓은 대지에 다시 희망을 새기기 위해.

일격에 피를 토하고, 사지가 절단되고, 몸이 두 쪽이 나도, 진자겸에게 달려들었다.

그 덕에 아이란/로물루스는 일어서 진자겸을 향해 검을 겨눌 수 있었다.

파악!

아이란의 가슴속에서 무엇인가가 깨졌다.

그 즉시 아이란의 몸에서 엄청난 활력이 솟구친다.

그것은 아이란의 몸을 통해 로물루스에게 전해졌다.

'라르—엘라수스.'

초월자, 라르—엘라수스.

그가 전해준 단 한 번뿐인 기회.

"이 벌레들이!"

그 힘을 느낀 진자겸의 표정이 달라졌다.

아이란/로물루스에게서 그와 같은 초월자들만이 보일 수 있는 힘이 느껴지고 있었다.

"라르—엘라수스……!"

으르렁.

진자겸의 분노.

"피를 토하고 죽어라, 하등한 벌레들······!"

파아앗!

진자겸을 중심으로 대지가 터져 나갔다.

아이란에게 시간을 벌어주기 위해 그에게 달려들었던 모든 이가 폭발에 휘말렸다.

퍼퍼퍼퍼퍽!

사람이 시체가 되어 터져 나갔다.

운이 좋은 이들은 사지가 멀쩡하거나 하나둘 터진 정도로 끝이 났지만, 대부분의 이는 시신도 못 남긴 채 터져 버렸다.

그사이.

아이란은 집중했다.

부러진 검을 잡고 진자겸에게 겨누었다.

라르―엘라수스가 전해준 초월의 힘.

그것이 반 토막이 난 검을 감싸 새로운 검으로 재탄생.

그 외견은 평범한 검과 같아 보이나, 조금 전 진자겸과 같이 상상할 수 없을 정도의 거대한 힘이 자리하고 있었다.

'단 한 번.'

[단 한 번.]

단 한 번이다.

처음이자 마지막 기회이다.

신중해라. 그러나 너무 신중치 마라.

신중이 화가 되어 단 한 번의 기회조차 날려 버릴 수 있으니.

더없이 적절한 단 한 번의 순간.

그 순간을 노려야 한다.

그것을 알기에 아이란/로물루스는 움직이지 못했다. 그리고 그것을 느낀 진자겸 역시 함부로 움직이지 못했다.

라르−엘라수스의 힘.

그것은 진자겸 자신에게 영향을 미칠 수 있음으로.

시간이 느리게도, 빠르게도 흘렀다. 그렇게 흐르는 시간 동안 둘은 서로를 겨누었다.

마치 멈추어 버린 것 같은 시간.

영원히 흐를 것 같지 않은 초침. 그러나 초침은 결국 흘렀다. 둘이 아닌 외부의 요인에 의해서.

누군가.

진자겸의 폭발에 휘말려 살아남은 누군가가 진자겸에게 접근했다.

진자겸의 반대편에 서 있었기에 아이란은 볼 수 있었다.

'아르낙스!'

언제나 중요한 순간에 활약했던 그의 형.

그가 최후의 순간, 시작이자 마지막의 종을 울리기 위해 검을 들어 올렸다.

지이잉!

한쪽 팔이 날아간 채 남은 한쪽으로 들어 올린 검. 그것으로부터 솟구치는 하이어 리히트는 광검을 이룬다.

처음에 비하면 초라할 정도의 광검. 그러나 아르낙스는 개의치 않고 그것을 진자검에게 쏘았다.

"쓰레기가!"

아이란/로물루스와 대치하던 진자검.

그가 아르낙스의 공격에 반응했다.

진자검이 아무리 초월에 달했다고 하나 아르낙스는 초고위랭크의 벨라토르.

그의 몸에 닿는다면 충분히 상처를 줄 수 있었다.

그것을 막기 위해 진자검은 몸을 돌려 아르낙스의 검을 쳐내려 했다.

그 순간!

아이란/로물루스는 모든 것을 담아 쏘아졌다.

캉!

아르낙스의 검을 쳐낸 진자검!

그가 그대로 몸을 돌려, 아이란/로물루스의 공격에 화답한다!

쿠웅!
그들의 검이 맞닿는 순간.
세상이 울렸다.
그리고, 끝이 났다.

CHAPTER
12

종장.

終章.

세상은 무너졌다.

아니, 무너졌다고 느꼈다.

그날의 생존자들.

대륙전쟁이라 명명된 발라티아 인류 역사상 최악의 전쟁.

그들은 하나같이 말했다.

세상이 끝이 났었다고. 자신들은 죽었노라고.

그러나 세상은 끝맺지 않았고, 그들은 살아 있었다.

분명 그들은 죽음을 느꼈었다. 육신으로 부터 이탈을 느꼈었다.

그렇기에 의문이었다.

왜 세상이 끝나지 않았을까?

왜 자신들이 살아 있을까?

분명 세상이 끝나는 소리를 듣고, 그들은 죽음을 느꼈다.

전쟁에 참여한 이들. 발라티아인이든, 무 대륙 사람이든, 하나같이 똑같은 말을 했다. 대체 무엇이 벌어졌던 것일까?

최후의 순간.

진자겸과 아이란.

그 둘의 최후의 격돌 이후 아무런 기억이 없었다.

아무것도 볼 수 없었다.

그저 그들이 볼 수 있었던 것은 최후의 승자뿐.

*   *   *

승리했다.

아이란 그락서스가 승리했다.

라르-엘라수스.

그가 심어준 힘으로 마지막 남은 그락서스가 승리했다.

진자겸, 그가 패배했다.

초월에 달했던 그가 패배하였고, 시신조차 남기지 못하고 소멸했다.

그가 소멸하자 무 대륙과의 전쟁은 발라티아 측의 승리로 결말을 지을 수 있었다. 그 후 아이란 그락서스는 영지로 돌아가 그를 기다리는 여인과 재회했다.

후에 영지를 다스리는 그를 사람들은 이렇게 불렀다.

Lord of Groksus.

그락서스의 군주.

거대한 위협으로부터, 세상을 구한 영웅.

그락서스의 군주라고.

＊　　　＊　　　＊

패배했다.

아이란의 기억은 조금씩 꺼져간다.

귀찮다.

모든 것을 놓고 싶다.

이미 그의 육신은 진자겸에 의해 찢겼기에, 소멸되었기에, 영혼만이 남은 그는 이제 쉬고 싶었다.

세상이 어떻게 되었든 간에 상관없었다. 이제 곧 영혼마저 사라질 그에게 세상에 대한 생각은 사치였으니까.

그저 마지막 휴식.

그것을 즐기는 것에 족하다.

아이란 그락서스.

그는 패배했다.

*   *   *

코스모스(Cosmos).

아홉 개의 우주가 존재하는 대우주.

아홉 개의 우주가 존재하는 만큼, 발생하는 사건 등은 수를 셀 수 없을 정도로 많다.

수십, 수백, 수천, 수만, 수억.

이러한 단위로는 죽었다 깨어나도 셀 수 없을 정도로 많은 사건. 그것들에 의해 코스모스는 갈라지고, 그 속에서 또 아홉 개의 우주는 또 갈라진다.

그 갈라진 우주 속에서, 누군가는 승리하였을 수도 있고, 패배하였을 수도 있다. 그리고 그것은 각각의 결과가 되어 갈라져, 또 다른 우주가 된다.

『그락서스의 군주』 7권 완결

FUSION FANTASTIC STORY
건(建)·장편 소설

컨트롤러

Controller

세상에게 당한 슬픔,
약자를 위해 정의가 되리라!

『컨트롤러』

부모님의 억울한 죽음.
더러운 세상에 희롱당해
무참히 희생당한 고통에 분노한다!

"독하게… 살아가리라"

우연한 기회를 통해 받은 다른 차원의 힘.
억울함에 사무친 현성의 새로운 무기가 된다.

냉정한 이 세상을 한탄하며,
힘조차 없는 약자를 대변하고자
내가 새로운 정의로 나서겠다!

Book Publishing CHUNGEORAM

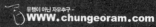

유행이 아닌 자유추구 -
WWW.chungeoram.com

용병귀환

유왕 판타지 장편 소설

수십 년 전, 용병왕의 등장으로 생겨난
왕국과 용병의 세계.
평소엔 한없이 가볍지만 화나면 누구보다 무서운,
놀고먹고 싶은 그가 돌아왔다!

하지만 바람과는 달리 과거 그의 앙숙과 대륙의 판도는
도저히 그를 놓아주질 않는데……

"용병은 그냥, 돈 받고 칼을 빌려주는 놈들이니까."

그의 용병 철학은 단순했다.

"물론, 누구에게 빌려주느냐가 문제겠지?"

용병귀환

유왕 판타지 장편 소설

수십 년 전, 용병왕의 등장으로 생겨난
왕국과 용병의 세계.
평소엔 한없이 가볍지만 화나면 누구보다 무서운,
놀고먹고 싶은 그가 돌아왔다!

하지만 바람과는 달리 과거 그의 앙숙과 대륙의 판도는
도저히 그를 놓아주질 않는데……

"용병은 그냥, 돈 받고 칼을 빌려주는 놈들이니까."

그의 용병 철학은 단순했다.

"물론, 누구에게 빌려주느냐가 문제겠지?"

도시의 주인

말리브 장편 소설

FUSION FANTASTIC STORY

말리브 작가의 신작 현대 판타지!

죽기 위해 오른 히말라야.
그러나, 죽음의 끝에 기연을 만나다!

『도시의 주인』

다시 한 번 주어진 운명.
이제까지의 과거는 없다!

소중한 이를 위해! 정의를 외친다!

Book Publishing CHUNGEORAM